KB033829

경계 없이 피는 꽃

경계
없이 피는 꽃

이승숙 에세이

므 도서출판

차례

경계 없이 피는 꽃

1부 ———————————————————— 길

마니산에
천 번도 더 오른 화가

     아랫녘에서는 태풍 소식도 들리는데 강화도는 아무 낌새도 보이지 않습니다. 어쩌다 한 줄기 소나기가 찔끔 지나갈 뿐 기다리는 비 소식은 없습니다. 그래도 오늘은 비가 내릴 기미가 보입니다. 서북쪽 하늘에 검은 구름이 낮게 깔려있는 것을 보니 조만간에 소나기가 한차례 퍼부을 것도 같습니다.

  강화읍의 북산을 넘어 길을 걷습니다. 대산리를 향해 가는 길입니다. 차를 두고 산길을 걸어갑니다. 그가 걸었던 길을 따라서 가보는 셈입니다. 그는 매일 걸어서 이 길을 오갔습니다. 대산리에 있는 작업실까지는 한 시간 걸음입니다. 도시락이 든 가방을 메고 아침이면 총총히 작업실을 향해 길을 나섰

———

신들린 사람, 그는 박진화 화백입니다.
1991년에 서울에서 강화로 온 그는
민통선의 철책을 마주보고 앉았습니다.

습니다. 어떤 날은 부옇게 밝아오는 신새벽에 이슬을 헤치며 산길을 걸었던 적도 있습니다. 마치 뭣에 홀리기라도 한 양 그는 밤낮을 가리지 않고 대산리로 향했습니다.

산길을 걸으면서 그는 자기 안에 맴돌고 있는 것을 달래기도 하고 어루만지기도 합니다. '내 속에 또 다른 것이 들어 있어서' 그것이 그를 대산리로 이끌었다고 그는 말했습니다. 부름을 받으면 지체 없이 달려가 붓을 들었습니다. 신들린 것처럼 붓질을 하다가 보면 하루해가 꼴딱 넘어가기도 했습니다. 그렇게 해서 탄생한 작품들은 그가 그렸지만 그 아닌 또 다른 존재가 그린 것이기도 합니다.

신들린 사람, 그는 박진화 화백입니다. 1991년에 서울에서 강화로 온 그는 민통선의 철책을 마주보고 앉았습니다. 철책에 걸려서 허우적대는 분단된 조국과 민족의 아픔이 그의 눈에 보였던 것입니다. 그는 그만 그것에 잡혀 버렸습니다. 그때부터 지금까지 30년 이상 대면하고 있지만 그것은 아직도 박 화백을 놓아주지 않습니다.

산을 내려와서 마을 속으로 들어갑니다. 예나 지금이나 별반 달라진 게 없을 것 같은 동네 길입니다. 구불구불한 길을 따라 걷노라면 저만치 동네 들머리에 하얀색 집이 보입니다. 원래는 농가였을 그 집은 이제 예술을 담는 공간으로 변신을 했습니다.

대산리에는 박진화 화백의 이름을 딴 미술관이 있습니다. 화가를 아끼고 사랑하는 사람들이 힘을 모아 만든 미술관입니다. 미술관에서는 기획 전시가 연중 열립니다. 화가의 이름 그대로 진짜 그림眞畵만 그리는 사람들의 전시 공간입니다.

미술과는 전혀 상관이 없을 것 같은 농촌 마을에 미술관이 있다니, 참으로 신기합니다. 세련된 외양의 거창한 집도 아닙니다. 그저 소박한 시골집일뿐입니다. 미술관 앞으로는 논이 있고 그 옆에는 참깨며 고구마 등을 심은 밭이 있습니다. 골을 따라 자라고 있는 밭작물들은 농부의 손길이 얼마나 갔는지 어느 하나 허투루 자란 게 없습니다. 마치 거대한 캔버스에 그린 작품인 양 논과 밭이 아름답습니다.

미술은 본래 사람의 생활 속에서 나왔다고 합니다. 갈망하고 그리워하던 것을 승화한 게 미술이고 예술이었습니다. 그러나 지금의 미술은 대중들과 유리된 감이 있습니다. 사람들은 미술을 낯설어하고 어렵게 여깁니다. 전시장에 가서 작품

을 봐도 무엇을 말하는지 모호하기만 합니다. 박진화 화백의
그림 역시 쉽게 읽히지는 않습니다. 그러나 뭔가 모르게 가슴
에 확 다가오는 것이 있습니다. 그것은 때로는 불도장처럼 뜨
겁게 느껴지기도 하고 또 때로는 얼음 한 조각을 입에 물고
있는 것처럼 쩡하게 다가오기도 합니다.

중학교 때 미술 선생님께 들은 '그림은 목숨과 맞바꿔야
되는 것'이라는 말을 박진화 화백은 아직도 잊지 않고 되새
깁니다. 그림이 안 돼 죽을 만큼 힘들면 어려우니까 그림이지
쉬우면 그림이겠나 하며 마음의 칼을 다시 한번 벼립니다. 그
리고 또 도전합니다. 어떤 때는 도대체 너는 무엇이냐고 종주
먹을 들이대다시피 하며 그림에게 묻기도 합니다. 그렇게 부
딪히고 그리워하며 그림에게로 나아갔습니다.

박진화 화백은 30대 초반에 강화도로 왔습니다. 그리고 철
책이 마주 보이는 대산리의 작업실에서 붓을 들고 씨름을 했
습니다. 어느 때는 그가 승리를 거두기도 했지만 대개의 경우
승산이 없는 겨룸에서 진을 다 뺐습니다. 그럴 때마다 그는
마니산을 올랐습니다. 그림이 떠오르지 않을 때나 또는 그림
과의 한판씨름에서 버겁게 버팅기다가 마니산에 가서 기운

을 얻어오곤 했습니다. 그렇게 오른 것이 천 번도 더 넘는다
고 하니 그의 그림들은 어쩌면 그가 그린 게 아니라 마니산이
그린 것인지도 모릅니다.

한밤중에도 마니산을 찾았습니다. 마치 신내림을 받듯 그
는 참성단에 올라 하늘의 소리에 귀를 기울였습니다. 그렇게
오르던 어느 날 그는 어떤 기운과 대면합니다. 산을 내려온
그는 부옇게 형체도 없이 둥둥 떠다니던 그것을 신들린 듯 캔
버스에 옮겼습니다. 시간이 가는 줄도 몰랐습니다. 그렇게 해
서 태어난 〈밤에 참성단에서〉라는 그림에는 뭔가 모를 신령
스러운 기운이 감돕니다. 참성단을 떠다니던 그것은 박진화
화백을 통해 캔버스로 옮겨왔습니다. 말로는 설명하기 힘든
어떤 기운이 그의 붓을 통해 터져 나왔습니다. 우리 민족의
아픈 역사를 대신해서 울어주는 화가의 울음이 보이는 듯도
합니다.

그는 전업화가입니다. 자본의 자장으로부터 멀리 떨어진
궁벽한 섬에서 그림 하나만 보고 길을 걸었습니다. 시장에서
인기가 있을 그림을 그리지도 않습니다. 그가 택한 주제는 분
단과 민중이었기 때문입니다. 민통선 안의 대산리에서 철책

을 마주하고 앉아 그림을 그리는 그에게 분단은 어쩌면 그를 옭아매는 철조망일지도 모릅니다. 그는 그 철책에 걸려 빠져나가지 못하고 있는 바람입니다. 그가 그린 〈철책에 걸린 도깨비〉 역시 역사의 올가미에 걸려 허우적댑니다.

북산을 넘어 대산리로 접어들자 시원스레 펼쳐진 들판 저 너머로 중첩하여 산들이 보입니다. 북녘땅의 산입니다. 이쪽의 들과 저쪽의 산 사이에는 바다가 있고 바닷가 둑에는 촘촘히 가시가 박힌 철조망이 끝없이 둘러 처져 있습니다. 산과 들, 그리고 철책까지도 한가로운 전원 풍경 속의 소도구처럼 평화롭게만 보입니다. 하늘 한 쪽에 먹장구름이 낮게 포진하고 있는 모습까지도 그림처럼 보입니다. 그러나 이곳은 분단을 직시하는 민통선 안마을입니다.

오래 비가 오지 않아 미술관 마당의 잔디들이 배배 몸을 비틀며 말라가고 있었습니다. 마치 두 동강이 나서 꼬여있는 우리나라의 처지같이 보였습니다. 한줄기 비가 내리면 잔디는 다시 새파랗게 살아날 것입니다. 분단된 우리나라를 흔쾌히 적셔줄 비가 그리웠습니다. 언제쯤이면 비가 올까요. 미술관 뜰을 서성이며 들 저 너머에 있는 북녘의 산과 하늘을 하염없이 바라보았습니다.

그때였습니다. 난데없는 시원한 바람이 들판을 훑고 지나
갔습니다. 참나무 숲에서 청개구리들이 와글대며 울었습니
다. 밭둑을 따라 서있는 옥수수 잎들도 바짝 날을 벼렸습니
다. 후드득 풀썩, 뜨거운 먼지가 튀어 올랐습니다. 그리고 이
내 콩 볶듯이 소나기가 몰아쳤습니다.

막잠 자고 난 누에가 뽕잎을 갉아먹는 소리처럼 버석거리
며 소나기가 뽀얗게 묻어 듭니다. 미처 피해볼 새도 없이 천
지간이 흠씬 젖어듭니다. 비는 온 들판을 유린하듯 몰아칩니
다. 금세 땅이 젖었습니다. 타들어가던 잔디밭에도 물이 흥건
하게 고였습니다. 비는 아마 한동안 올 모양입니다. 덕분에
마른장마는 저만치 물러나고 있었습니다.

국도 48호

"저 너머 돌팡바위에 굴도 많았는데, 인제는 철조망 때문에 못 따먹어. 굴도 사람이 밟고 다녀야 잘 되는데 지끔은 사람이 안 다니께 굴이 딱지만 남고 다 죽어버리는 거야."

아주머니는 원망스러운 눈길로 바다를 바라보았습니다. 집 앞이 바다인데도 들어갈 수 없다고 합니다. 철책이 가로막아 바다를 코앞에 두고도 굴 구경을 못합니다. 48번 국도의 종점인 강화도 양사면 인화리 바닷가 마을이 처한 상황입니다.

날이 매우 추웠던 어느 날 48번 국도의 종점을 보러 인화리에 갔습니다. 국도 48호선은 서울 종로구 세종로에서 인천시 강화군 양사면 인화리까지 이르는 총 길이 69.5킬로미터의 도로입니다. 이 도로는 서울의 중심부인 종로구 세종로에서 출발합니다. 이곳에서 출발하는 국도는 아마도 48번 국도가 유일할 것 같습니다.

세종로에서 시작된 국도 48호는 양천로를 지나 김포로 접어듭니다. 그리고 김포시 통진을 거쳐 강화에 당도합니다. 광화문에서 강화까지 130리 밖에 되지 않는 짧은 길입니다. 자동차로 달리면 한 시간여 만에 당도할 수 있고 걸어서도 하루해 안에 갈 수 있는 거리입니다. 이렇게 서울과 가까운데도 멀게만 여겨지는 것은 강화도가 섬이라는 지리적 여건 때문이기도 하고 또 북한과 가깝게 위치하고 있기 때문일 것입니다.

48호 국도의 끝은 바다였습니다. 길은 바다를 앞에 두고 멈췄습니다. 더 이상 나아갈 수 없습니다. 거세게 쏠려나가는 바닷물을 바라보던 아주머니가 "한강물이 여게까지 내려오는 게야." 했습니다. 이곳 인화리 앞바다에서 비로소 한강은 바닷물이 됩니다.

높게 쳐진 철조망이 바닷가를 따라 끝없이 길게 뻗어 있습니다. 더 이상의 진입을 허용하지 않겠다는 듯 철조망이 앞을 막아섭니다. "물러나라. 더 이상 나아가지 마라." 철조망이 무언의 경고를 합니다.

철조망 앞에 서서 바다를 바라봅니다. 물이 물러난 갯벌은 온통 거무튀튀합니다. 굴 딱지가 다닥다닥 갯바위에 붙어 있습니다. 썰물이 들면 바다에 나가 한 바가지씩 따왔다고 했던 그 굴입니다.

겨울바람이 사정없이 불어옵니다. 거칠 것 없이 바다를 누비던 바람은 철조망의 사이를 빠져나와 뭍으로 상륙을 합니다. 48번 국도는 바람에 점령당했습니다. 철조망을 치고 초소까지 두었건만 바람 앞에는 속수무책입니다.

바람을 피해 집 안으로 들어갔습니다. 밖에는 겨울바람이 맵차게 부는데 집 안은 따뜻합니다.

"그전에는 굴도 따먹고 그랬는데 이제는 바다에 못 들어가. 전두환 때 철조망을 두르고부터 굴을 따러 들어갈 수가 없게 되었지."

1984년에 철책이 쳐졌다고 합니다. 그 전에는 무시로 바다에 들어가 굴도 따고 그랬는데 철조망이 쳐지고부터는 접근조차 할 수 없다며 아주머니는 원망스러운 듯 말했습니다. 집 앞이 바다인데도 들어갈 수가 없습니다. 그 세월이 장장 30

년이 넘었습니다. 북한의 연백반도와 인접해 있는 지역이니 철책을 둘러막았겠지만 주민들에게는 아쉽고 안타까운 바다입니다.

친정아버지도 어부였습니다. 남편 역시 어부였습니다. 그러니 인화리 앞 바다 사정은 환히 알고 있을 아주머니입니다.

"저 안에 고기가 드글드글 할 거야. 아무도 못 들어가니까 고기들 세상일 거야."

그야말로 물 반 고기 반일 테니 물고기를 잡는 것은 일도 아닐 것입니다. 하지만 그 모두는 꿈일 뿐입니다. 고기가 아무리 많아봐야 그림의 떡입니다. 집 앞이 바다인데도 들어갈 수 없으니 무슨 수로 고기를 잡는단 말입니까. 지금 인화리 앞바다는 아무도 드나들지 못하는 금단의 바다입니다. 북한과 가까운 접경지역이라 어로행위가 금지되어 있습니다. 인화리 앞바다는 70년 가까이 사람의 발길이 닿지 못한 바다입니다.

예전에는 인화리 앞바다로 배들이 다녔습니다. 한강을 타고 서울로 올라가는 길이기도 했고 예성강으로 들어가는 길목이기도 했던 곳이었습니다. 바닷물과 민물이 뒤섞이는 기

수역이라 고기도 많았습니다. 그때 어부들은 배를 몰아 연평
도까지 가서 새우를 잡았습니다. 잡아온 새우는 소금에 버
무려 새우젓을 만듭니다. 마을에는 새우젓을 보관하던 창고
가 수두룩했습니다. 김장철이 다가오면 새우젓 항아리를 실
은 배가 서울의 마포나루까지 올라갑니다. 그때 인화리 앞바
다는 흥청댔습니다. 그러나 지금 인화리 앞바다에는 배 한 척
볼 수 없습니다. 그 많던 집과 새우젓 창고들은 다 어디로 갔
을까요.

　바닷길은 끊겼지만 대신 넓은 찻길이 생겼습니다. 인화리
가 종점인 48번 국도입니다. 그 길을 통하면 못 갈 곳이 없습
니다. 강화대교를 건너면 길은 또 다른 길로 연결됩니다. 전
국 어디든 다 갈 수 있습니다. 그러나 인화리에서 북으로는
더 나아갈 수 없습니다. 바다가 막고 있어 더 갈 수 없습니다.
빤히 보이는 북녘땅까지 한달음에 달려갈 수 있을 것 같은데
바다가 가로막고 철책이 또 막습니다.

　2014년에 강화도와 교동도를 이어주는 교동대교가 완공
되었습니다. 교동도는 인화리 건너편에 있는 섬으로 북한의
연백반도와 마주 보고 있습니다. 인화리가 종점이었던 48번

———

서울에서 강화까지 오는 국도 48호는 교동도를 지나
황해도 연백으로 나아갈 꿈을 꿉니다.

국도는 다리를 건너 교동도까지 나아갑니다.

우리나라가 둘로 나뉘기 전에는 교동 사람들이 연백까지 장을 보러 갔다고 합니다. 썰물이 들어 바닷물이 빠지면 갯벌을 걸어서 다닐 수 있었다고 하니 그럴 만도 합니다. 하지만 분단이 되면서 그 길 역시 막혔습니다. 장을 보러 연백으로 가는 대신 배를 타고 강화도로 와야 했습니다.

바다가 막아서 더 이상 가지 못했던 48번 국도는 교동대교를 건너 교동도까지 나아갔습니다. 지금 48번 국도는 또 다른 꿈을 꿉니다. 연백반도로 건너갈 꿈을 꿉니다. 그곳에서 50번 국도를 만나 황해도 이곳저곳을 누빌 생각을 합니다.

국도 50호는 지도상에만 존재할 뿐 실제로는 없는 길이나 마찬가지입니다. 황해남도 옹진군에서 출발해서 해주시와 연백군을 거쳐 개성시에서 끝나는 그 길은 통일을 대비해서 만든 길입니다. 그러나 북한에 있어 사실상 우리나라가 관리할 수 없는 길입니다.

서울에서 강화까지 오는 국도 48호는 교동도를 지나 황해도 연백으로 나아갈 꿈을 꿉니다. 연백에서 50호 국도를 만나 사방으로 뻗어나갈 날을 그립니다. 1호선 국도를 만나면

신의주까지도 갈 수 있습니다. 그리고 내처 압록강을 건너 대륙으로도 갈 수 있습니다.

인화리가 48번 국도의 끝이라고 생각했는데 대륙으로 나아가는 또 다른 길목이었습니다. 인화리에서 꿈을 꿉니다. 옛날의 번창했던 포구를 그립니다. 배가 오가고 물자들이 차고 넘쳤던 그때처럼 인화리가 또다시 꿈틀댈 날이 오겠지요. 그때까지 48번 국도는 계속 나아갈 겁니다.

칠 년째 올리는
통일기도

어릴 때 우리 동네에는 택호가 '숲실댁'인 아지매가 있었습니다. 아지매는 어디를 가던 늘 걸어 다녔습니다. 그때만 해도 생활 반경이 사방 일이십 리 안쪽이던 옛날이라 그 정도 거리는 걸어 다닐 수도 있었지만 그래도 어지간하면 버스를 타려고 했지 일부러 걷지는 않았습니다. 그런데도 아지매만은 한결같이 걸어 다녔습니다. 십 리 밖에 있는 면 소재지에 갈 때에는 버스 정류소가 있는 큰 길을 피해 일부러 샛길로 다녔습니다. 버스 정류소 집 사람들과 마주치기 싫어서였습니다.

버스 정류소 옆 가게 주인은 아지매의 철천지 원수입니다. 아지매 친정집의 대를 끊어버렸기 때문입니다. 1945년 해방

이 되고 그리고 몇 해 동안 사람들이 많이 죽었다고 합니다. 아지매의 친정 오라비들도 빨갱이로 몰려 죽임을 당했습니다. 그때 앞장서서 사람들을 잡아들였던 이가 바로 면 소재지 버스 정류소의 주인이었던 겁니다. 자신의 눈 밖에 난 사람은 모함해서 잡아들이기까지 했다니, 그의 악행은 세월이 많이 흐른 뒤에까지 소문으로 떠돌 정도였습니다.

철천지 원수와 상종하기 싫어 멀리 돌아가던 아지매가 생각납니다. 혹시라도 정류소 앞을 지나가야 할 경우에는 그쪽으로 절대 눈길 한번 주지 않았습니다. 꼿꼿하게 고개를 들고 앞만 보고 걷던 모습이 기억납니다. 쪽 찐 머리에 앙 다문 입술의 결기 어린 아지매의 모습이 지금도 떠오릅니다.

한국동란 앞뒤로 어떤 일들이 벌어졌는지 우리는 잘 알지 못합니다. 세월이 벌써 70년도 더 지났는데 아직도 그 부분에 있어서는 쉬쉬하는 분위기입니다. 한 다리만 건너면 아는 이웃사촌 사이였을 사람들이 서로 죽고 죽이고 했습니다. 그 중에는 죄도 없이 처형을 당한 사람들도 있었을 겁니다. 그런 피해자들의 가족은 얼마나 원통하고 절통할까요. 그래도 큰소리 한번 내지 못하고 죽은 듯이 살아왔지요. 그들은 죄인의

가족이었고, 그래서 벙어리 냉가슴 앓듯 숨죽이고 살았을 겁
니다.

　강화도에서도 그런 일들이 많았습니다. 강화도는 지역 내
의 좌파세력이 강했다고 합니다. 그래서 1947년 8월의 예비
검속 때 많은 수의 좌파 사람들이 검거되었습니다. 그때 좌익
으로 몰려 죽은 사람이 몇 백 명에 달한다고 합니다. 당시 강
화도 인구로 봤을 때 몇 집 건너 한 집 꼴로 해당이 되었을 것
같습니다.

　지인 중의 한 분 집에도 말 못 할 사연이 있습니다. 그 댁의
어른들이 두 분이나 학살되었습니다. 시할아버지와 시외할
아버지가 그때 돌아가셨다고 합니다.

　시할아버지는 반공청년단에 끌려가신 뒤 돌아오지 않았습
니다. 시외할아버지 역시 마찬가지였습니다. 그때 열네 살 어
린 소녀였던 지인의 시어머니는 졸지에 소녀 가장이 됩니다.
정신줄을 놓다시피 한 어머니를 대신해서 집안을 꾸려가야
했습니다. 빨갱이로 몰려 가장이 죽은 집이었으니 어느 누가
도와주려고 했을까요. 지인의 시어머니에게 예전 그 시절은
너무나 끔찍해서 돌아보기도 싫은 기억입니다.

어려운 세월을 헤쳐 온 시어머니는 두려움이 많았습니다. 늘 불안해했고 가끔씩 이유 없이 화를 내었습니다. 그런 시어머니를 이해하고 받아들이는 게 힘들었다고 제 지인은 말했습니다. 그런데 어느 날부터 시어머니의 아픔이 보였습니다. 열네 살 나이에 가장 아닌 가장이 되어야만 했던 시어머니의 힘겨웠던 삶이 다가왔습니다. 꾹꾹 누르고 참아왔던 시댁의 슬픔이 보였습니다. 통일 기원 기도 덕분이었습니다.

강화군의 최북단 마을인 양사면 철산리에 평화전망대가 있습니다. 한강과 임진강 그리고 예성강이 만나 서해로 흘러 들어가는 곳에 평화전망대가 있습니다. 전망대에서는 사방이 훤히 잘 보입니다. 강 건너 북녘땅의 사람들이 논밭에서 일하는 모습까지 망원경으로 관찰할 수 있을 정도입니다.

평화전망대에는 망배단이 있습니다. 북녘땅이 건너다보이는 언덕에 있는 이 망배단은 황해도 출신의 실향민들을 위해 만들었습니다. 설이나 추석 같은 명절이면 갈 수 없는 고향을 그리며 망배단에 제물을 진설하고 절을 올리는 사람도 있습니다.

망배단에서 북녘을 바라보며 통일 기원 기도를 하는 사람

매달 셋째 주 토요일에 통일기도를 한 지
올해로 꼭 7년째입니다.
비가 오거나, 펑펑 눈이 내려도
기도는 계속 이어져 왔습니다.

———

들이 있습니다. 매달 세 번째 주 토요일마다 기도를 합니다. 통일 기원 기도를 한 지 올해로 꼭 7년째입니다. 비가 와도 기도는 멈추지 않았습니다. 펑펑 눈이 내리는 겨울에도 기도는 계속 이어져 왔습니다. 한여름의 땡볕 아래에서도 간절한 마음으로 기원합니다. 한반도의 평화와 통일을 빕니다. 이 땅에 다시는 전쟁은 없어야 합니다. 8천만 온 겨레는 한마음으로 평화와 통일을 바라고 원합니다. 우리 민족의 평화와 통일을 간절히 염원하며 절을 합니다.

어느 해 겨울이었습니다. 찻잔에 뜨거운 물을 붓고 기도를 올렸습니다. 정진을 마친 뒤에 보니 찻잔에 살얼음이 떠 있었습니다. 얼마나 날이 차가웠으면 뜨거운 찻물이 다 얼었을까요.

통일 기원 기도를 올리면서 제 지인은 시댁의 아픔이 보였다고 합니다. 시어머니를 붙잡고 있는 불안의 근원이 무엇인지 알았습니다. 그러자 고부 사이의 갈등이 사라졌습니다. 통일 기원 기도 덕분이었습니다.

우리는 입으로는 평화니 통일이니 말을 하지만 사실 말뿐일 때가 많습니다. 말보다는 작은 실천이라도 해야 하는데 늘

말이 앞섭니다. 강화도 양사면 평화전망대에서 올리는 평화
와 통일 기원 기도는 말없이 실천합니다. 2014년 2월부터 시
작한 기도는 2020년 9월까지 이어져 오고 있습니다. 코로나
19로 인해 평화전망대가 문을 닫자 장소를 옮겨 지금은 북녘
땅 개풍군이 건너다보이는 월곶리 연미정에서 올립니다. 이
기도는 한반도에 평화가 정착하는 그날까지 계속될 것입니
다. 평화로운 세상이 되길 두 손 모아 빕니다.

북녘땅의 내 친구,
숙이에게

       길동무인 미숙 씨와 같이 길을 나섰습니다. 우리는 강화 읍내의 골목길을 걸었습니다. 오밀조밀 모여 있는 집들과 좁은 골목길이 정겨웠습니다. 강화에서 나고 자랐지만 어른이 되어서는 도시에서만 살았던 미숙 씨는 길을 걷는 내내 감탄했습니다. 강화가 이렇게 아름다운지 미처 몰랐다면서, 뒤늦게 찾아온 고향 사랑에 행복해했습니다.

       은수 우물을 지나 북산으로 들어갔습니다. '강화나들길' 1코스의 한 부분이기도 한 이 산길은 오붓하고 고즈넉합니다. 읍내에서 한 발 비껴났을 뿐인데도 마치 심심산중인 양 아무 소리도 들리지 않습니다.

       제멋대로 자란 소나무들이 어깨를 맞대고 서있는 그 사이

로 좁다란 산길이 나있습니다. 조곤조곤 이야기를 나누며 산
길을 발밤발밤 걷습니다. 노란 꽃이 피어 있는 나무가 보입니
다. 생강나무 꽃입니다. 생강나무의 뒤를 이어 봄꽃들이 다투
어 필 것입니다. 진달래가 뒤따를 테고 조팝나무며 찔레나무
며 온갖 생명들이 자기 앞의 생을 찬미할 것입니다.

산등성이를 따라 성벽이 길게 이어집니다. 강화읍을 에워
싸고 있는 강화산성입니다. 돌로 쌓은 이 성벽은 조선 숙종
때에 조성되었습니다. 그러나 그보다 더 오래전에 강화읍을
둘러싸고 성벽을 쌓았습니다.

1231년, 몽골의 침입을 피해 강화로 천도를 한 고려 조정
은 내성과 외성, 그리고 중성을 쌓아 적으로부터의 침략에 대
비했습니다. 몽골은 화친의 조건으로 강화의 성을 모두 헐 것
을 요구했습니다. 그래서 강화산성은 헐렸습니다. 이후 조선
숙종 때 성을 보수하면서 토성이었던 강화산성을 돌로 다시
쌓았습니다.

강화산성의 성벽을 따라 걷습니다. 산마루에 올라서자 북
녘땅이 한 눈에 들어옵니다. 황해도의 산과 들입니다. 황해도
를 그려봅니다. 한 번도 가본 적 없는 그곳의 산과 들이 친근

북녘땅을 향해 큰소리로 불러봅니다.
"숙아~~, 북녘땅에 사는 내 친구 숙아, 잘 있니?"

———

하게 다가옵니다. 바다를 가운데 두고 떨어져 있지만 원래는
한 몸뚱이였을 황해도와 강화도입니다.

생산되는 농작물들도 비슷할 겁니다. 6년근 강화인삼은 개
성인삼에서 비롯된 것이고 음식맛 역시 엇비슷하지 않을까
요. 깔끔하고 바지런한 강화 사람들의 마음 씀씀이 역시 개성
사람과 닮았을 것 같습니다. 이런저런 생각을 하노라니 멀게
느껴졌던 북한이 지척인 듯 가깝게 여겨집니다.

그곳에도 우리와 다름없는 사람들이 살고 있습니다. 내 또
래 부인네들도 있습니다. 그들은 어떻게 살고 있을까요. 아들
딸 잘 키워 시집 장가보내고, 이제는 손주 보는 재미에 푹 빠
져 있지는 않을까요. 웃음꽃이 활짝 피었을 그네들의 얼굴이
그려집니다.

우리와 같은 말, 같은 글자를 쓰니 이름도 비슷하지 않을까
요. '숙'이도 있고 '자'야도 있을 겁니다. '옥'이며 '희'야는 없
을까요. 갑자기 나와 같은 이름을 가졌을 북한 땅의 '숙'이가
궁금해집니다.

북녘땅을 향해 큰소리로 불러봅니다. "숙아~~, 북녘땅에
사는 내 친구 숙아, 잘 있니?" 그런 나를 따라 미숙 씨도 손나

발을 하고 소리를 지릅니다. "숙아, 내 친구야, 반갑다~~."

그렇게 이름을 부르노라니 추상적으로만 느껴지던 북녘땅의 사람들이 구체적으로 다가왔습니다. 한번도 느껴보지 못했던 마음입니다.

그곳에도 우리와 같은 사람이 살고 있습니다. 김해 김씨도 있고 전주 이씨도 있습니다. 밀양 박씨는 물론이고 경주 최씨며 진주 강씨 등도 있겠지요. 우리나라 성씨 중에서 '김이박'씨가 가장 많다는데, 북한 역시 마찬가지가 아닐까요. 그 외에도 여러 성씨들이 어울려서 살고 있을 겁니다.

미숙 씨와 같은 청주 한씨도 있을 겁니다. 저와 본관이 같은 사람도 있을 터이지요. 그러고 보니 우리는 모두 한 형제 한 핏줄입니다. 한 다리만 건너면 다 아는 사이라는데, 북한에 사는 사람들도 모두 우리의 먼 친척이고 집안일 겝니다.

다시 한번 불러 봅니다. "북녘땅의 내 친구 숙아~~." 그러자 마치 진짜 내 친구인 듯 그들이 다가옵니다. 북쪽 땅의 내 친구 '숙'이에게 말을 건넵니다. "이제야 네가 있다는 걸 알았어. 너도 나와 마찬가지로 자식 낳고 키우며 잘 살고 있지? 며느리와 사위는 봤니? 손주는 몇을 두었니?"

산마루에 서서 북녘땅을 바라봅니다. 그곳엔 나와 이름도 같고 나이도 같은 또 다른 '숙'이가 살고 있습니다. 우리가 언제 만날 수 있을지 짐작도 안 되지만, 만날 그날까지 건강하게 잘 살기를 빌었습니다.

평화 자전거

여름이 더디 가는 것과 달리 가을은 금방 지나가 버립니다. 짧은 가을이 안타까운지 햇살은 눈부시게 빛납니다. 그 햇살을 받아 온통 물이 듭니다. 황금빛으로 출렁이는 들판은 가을이 주는 최상의 선물입니다.

그 들판을 달리는 한 무리의 사람들이 있습니다. 마니산 아래에 있는 중학교 학생들이 자전거를 타고 가을 들판을 달립니다. 학교가 있는 화도면 상방리에서 강화 최북단 마을인 양사면 평화전망대까지 왕복 70킬로미터를 달립니다.

화도면은 강화의 최남단입니다. 마니산이며 동막 갯벌과 같은 유명 관광지가 있어 곳곳에 펜션이며 카페 같은 예쁜 건물들이 즐비합니다. 또 인천공항이 있는 영종도가 바다 건너

바로 앞에 있어 외국으로 나가거나 외국에서 돌아오는 비행
기들이 뜨고 내리는 것을 수시로 봅니다. 역동적이고 개방적
인 곳이 바로 화도면입니다.

　평화전망대가 있는 양사면은 강화의 최북단에 위치해 있
습니다. 북한과 인접해 있어 여러모로 제약 조건이 많은 곳입
니다. 화도면과 마찬가지로 갯벌도 있지만 그 갯벌에 들어가
본 사람은 아무도 없습니다. 강을 따라 이중으로 철책이 엄중
하게 처져 있어 들어갈 수 없기 때문입니다. 가까운 거리에
북한 땅이 있지만 그 역시 오갈 수 없습니다. 강폭이 2킬로미
터 정도밖에 되지 않아 다리만 놓으면 금방 갈 수 있는 거리
인데도 다리는커녕 강둑에 올라서는 것조차 금지되어 있습
니다. 규제와 제재가 많아 할 수 있는 것이 많지 않은 곳이 양
사면입니다.

　화도면 아이들이 양사면까지 자전거로 갑니다. 같은 강화
도이지만 한 번도 가본 적 없는 양사면입니다. 그곳에서는 북
녘땅도 보인다는데, 화도면에서 보이는 영종도처럼 그렇게
가까이 잘 보일까요. 모든 게 궁금한 것투성이입니다.

　일요일 아침입니다. 강화 심도중학교 운동장에는 자전거

들이 나란히 줄을 맞춰 서 있습니다. 자전거 손잡이에는 안전을 위한 헬멧도 하나씩 다 걸려 있습니다. 얼마 지나지 않아 학생들이 하나둘 운동장으로 들어섭니다. 기대감에 들떠 왁자지껄합니다.

길을 안내하는 선생님이 앞장서고 그 뒤를 17명의 학생들이 뒤따릅니다. 바닷가를 따라 나 있는 해안순환도로에는 자전거 길이 따로 있습니다. 그러니 줄 맞춰 달려가면 됩니다. 그러나 갈래길에서 도로를 건너야 할 때도 있습니다. 그럴 때면 앞장 선 선생님의 안내에 따라 조심스레 길을 건넙니다. 안전이 최우선이기 때문입니다.

내가면 외포리를 지나 하점면 망월리로 접어들었습니다. 화도면과는 다른 풍경이 펼쳐집니다. 달을 바라보는 동네라는 이름에서 알 수 있듯 망월리는 들이 아주 넓습니다. 들판 저 끝에서 달이 떠올라 들판 저 너머로 달이 질 정도로 드넓은 평야지대입니다. 들판에는 바둑판처럼 가로 세로로 길이 뻗어 있습니다. 농기계들이 다니는 농로입니다. 그 길로 자전거의 행렬이 달립니다.

길 가에는 코스모스가 피어 있습니다. 키 큰 수수도 껑충하게 자라 있습니다. 아이들이 달려오자 코스모스와 수수가 출렁이며 반깁니다. 모두가 아름답고 충만합니다. 거칠 게 하나도 없습니다. 아이들의 얼굴은 기쁨과 만족감으로 꽉 차 있습니다.

새로운 것에 도전할 때면 두려운 마음이 들어 망설이게 됩니다. 그 두려움을 넘어서야 새로운 세계에 들어갈 수 있습니다. 자전거를 타고 양사면을 갔다 오자는 말을 들었을 때 과연 70킬로미터를 달릴 수 있을까 생각했을 겁니다. 그 정도 거리는 달려본 적이 없습니다. 분명 숨차도록 힘들 게 뻔합니다. 북한 땅을 보고 오자는데, 북한을 봐서 뭐하나 싶기도 했을 겁니다. 못 살아서 도와줘야 하는 나라, 도와주는 데도 고맙다는 말도 안 하는 나라라는 생각도 들 수 있습니다. 그런 곳을 뭐가 볼 게 있다고 선생님은 가자고 하시는 걸까요. 힘들게 가면 얻을 게 있기는 있을까요.

그런저런 의문을 가지고 나섰지만 참 잘한 선택이었습니다. 고갯길을 오를 때는 숨이 턱에 차기도 했지만 내리막길을 달릴 때는 끝없는 자유를 맛봤습니다. 들판을 달릴 때는 또 어땠나요. 달아오른 얼굴에 닿는 바람이 그렇게 싱그러울 줄

어찌 알았겠습니까. 이제 알았습니다. 해보지 않아 잘 모른다
고 지레 겁먹지 말고 새로운 것에 도전을 해야 한다는 것을
알았습니다. 내가 정한 잣대를 내려놓을 때 세상은 모두 내
편이 된다는 것도 깨달았습니다.

목적지인 평화전망대에 도착했습니다. 높다란 언덕 위에
자리 잡은 평화전망대는 원래 '제적봉'이란 이름으로 불리던
곳입니다. 적을 제압하겠다는 뜻을 담고 있던 곳이 평화를 생
각하는 곳으로 이름이 바뀌었습니다. 적으로 바라볼 때 평화
는 요원한 것처럼 보였습니다. 그러나 이름을 바꾸자 적이라
고 생각했던 북한이 형제처럼 여겨집니다.

평화전망대에 올라 북녘땅을 바라봅니다. 눈이 밝은 아이
하나가 산을 바라보더니 묻습니다. 북쪽 산에는 큰 나무가 보
이지 않는다며 왜 그런지 물었습니다. 그러고 보니 산이 다 밋
밋해 보입니다. 큰 나무가 없고 풀만 있는 것 같습니다. 북쪽
산에 왜 나무들이 없는 걸까요. 경지가 부족해서 산도 다 밭으
로 만들어 농작물을 심어서 그런 걸까요. 아니면 연료난으로
나무들을 땔감으로 사용하니 큰 나무가 없는 걸까요. 갈 수 없
는 북쪽을 바라보며 아이들은 저 마다의 답을 내놓습니다.

———

다리만 놓이면 개성은 금방입니다.
상상만으로도 신이 납니다.
통일이 되면 자전거로 개성까지 달려가 보겠다며
호기롭게 외치는 아이도 있었습니다.

그곳에도 갈 수 있었으면 좋겠습니다. 자전거를 타고 북녘 땅을 달려보고 싶습니다. 왕복 70킬로미터도 자전거로 달리는데 개성까지야 말해 무엇 하겠습니까. 강화도에서 개성까지 줄잡아 20킬로미터 정도밖에 되지 않는다는데, 그 정도는 아무 문제없이 달릴 수 있습니다. 다리만 놓으면 개성은 금방입니다. 상상만으로도 신이 납니다. 통일이 되면 자전거로 개성까지 달려가 보겠다며 호기롭게 외치는 아이도 있었습니다.

월요일입니다. 교실 안은 뭔가 모르게 들뜬 분위기일 것 같습니다. 평화전망대까지 70킬로미터를 자전거를 타고 갔다가 돌아왔습니다. 그것은 도전이었습니다. 강화도에서 태어나 자란 아이들이지만 강화 최북단 마을은 잘 모르는 곳입니다. 민통선 안으로 들어가 본 적 역시 거의 없습니다. 북녘땅을 바라보며 자전거로 달린 것도 역시 처음입니다. 혼자라면 할 수 없었을 텐데 여럿이 함께 해서 이루었습니다.

바삐 가는 가을을 온몸으로 품었던 하루였습니다. 망월리 들판을 끝없이 달렸습니다. 숨이 턱에 차도록 페달을 밟아 오르막 고갯길도 넘었습니다. 그리고 북녘땅도 보았습니다.

다리만 놓이면 당장이라도 달려갈 수 있는 거리였습니다. 이 아이들이 어른이 될 때쯤이면 다리가 놓일까요. 다리가 놓인다면 당장 개성까지 달려갈 겁니다. 그리고 내처 북으로 계속 올라가 자전거로 유럽까지 가보겠습니다. 그러고 보니 그 다리는 강화도와 유라시아를 연결해주는 다리이네요. 생각만으로도 가슴이 뜁니다. 그런 날이 오기를 빌어 봅니다.

한밤의 비명

안내 문자가 또 왔습니다. 아프리카돼지열 병 발생에 따라 돼지농장 출입을 삼가하고 긴급 방역조치에 협조를 바란다는 안내 문자입니다. 오늘만 해도 벌써 세 번째 왔습니다.

강화도는 지금 비상 상태입니다. 아프리카 돼지열병에 전염된 돼지농장이 발생했기 때문입니다. 강화로 들어오는 강화대교와 초지대교 입구에 방역 부스가 설치되어 오가는 차량에 방역작업을 합니다. 확진 판결이 난 돼지농장은 출입이 금지되었습니다.

아프리카 돼지열병은 돼지에겐 흑사병이나 마찬가지입니다. 치료제도 없고 백신도 없어 걸리면 100% 다 죽는다고 합니다. 정부에서는 다른 지역으로 확산되는 걸 막기 위해 강화도의 모든 돼지를 살처분 하기로 방침을 정했습니다. 강화의 양돈 농가에서 키우는 돼지는 약 4만 마리에 달한다고 합니다. 그 모든 돼지를 살처분한다니, 참으로 안타까운 노릇입니다.

2018년 8월에 중국에서 아프리카 돼지열병이 번져 돼지고기 값이 40%나 뛰었다고 합니다. 사재기 열풍이 불어 시중에서 돼지고기를 구하기가 어려울 지경이라는 뉴스도 보았습니다. 그때만 해도 아프리카 돼지열병은 우리와는 상관없는 것처럼 보였습니다. 그래서 강 건너 불구경하듯 대수롭잖게 여겼는데 이제 우리 발등에도 불이 떨어졌습니다. 병의 확산을 막지 못하면 서민 경제에 미칠 악영향은 물론이고 그로 인한 사회적 비용 역시 만만찮게 들 게 분명합니다.

아프리카 돼지열병의 전파 경로를 두고 추측이 난무합니다. 중국에서 발생한 병이 북한으로 전파되었고 그리고 우리나라에도 들어왔다고 사람들은 말합니다. 2019년 5월에 발생한 아프리카 돼지열병으로 북한 평안북도의 경우 돼지가 전멸했다고 합니다. 그 병이 비무장지대를 넘어 우리나라에

우리는 한 민족 한 몸이고 운명 공동체입니다.
그러니 어느 한 쪽이 병들면
나머지 한 쪽도 성하게 지낼 수 없습니다.

도 퍼진 것은 아닌가 짐작하는 겁니다.

이번에 돼지열병이 발생한 지역을 보면 비무장지대DMZ 접경 지역이 대부분입니다. 경기도 파주와 연천은 물론이고 김포와 강화까지 북한과 다 인접해 있는 지역입니다. 그러다 보니 '북한에서 바이러스가 넘어온 것 아니냐'는 의심을 하게 됩니다. 중국에서 발생한 병이 북한을 거쳐 우리나라로 확산되었다고 보는 까닭입니다.

2018년 8월에 중국 랴오닝성에서 아프리카 돼지열병이 발생했습니다. 북한의 자강도에서도 2019년 5월에 그 병이 발생했습니다. 중국 랴오닝성과 북한의 자강도는 압록강을 사이에 두고 맞닿아 있습니다. 이를 통해 봤을 때 아프리카 돼지열병은 압록강을 넘어 한반도로 들어왔을 가능성이 큽니다.

우리나라의 돼지열병 발생 경로에 대해서도 여러 추측이 나옵니다. 그중 야생 멧돼지에 의한 바이러스 전파 가능성도 무시할 수 없다고 전문가들은 봅니다. 야생 멧돼지는 한반도에 고루 분포해 있습니다. 중국을 거쳐 북한으로 번진 아프리카 돼지열병은 군사분계선 안에 사는 야생 멧돼지에게도 번졌을 가능성이 있습니다. 바이러스에 감염된 멧돼지가 남한

쪽으로 전파했을 가능성을 조심스레 점칩니다.

물을 통한 전염도 의심됩니다. 파주와 연천 그리고 김포와 강화 모두 임진강 근처인 점을 들어 북한에서 발생한 돼지열병이 임진강을 따라 남한으로 번졌을 수도 있다고 합니다.

아프리카 돼지열병의 전염을 막기 위해 애를 썼지만 결국 방호선이 뚫렸습니다. 철통같이 지켜도 바이러스는 막을 수 없었습니다. 비무장지대에 높이 쳐 있는 철책도 아프리카 돼지열병에는 무용지물이었습니다.

우리 민족의 안위를 위협하는 것이 있다면 남이니 북이니 따질 것 없이 하나가 되어 막아야 합니다. 우리는 한 민족 한 몸이고 운명 공동체입니다. 그러니 어느 한쪽이 병들면 나머지 한쪽도 성하게 지낼 수 없습니다. 북한에 아프리카 돼지열병이 발생했을 때 그것은 우리와 상관없는 일이라 손 놓고 바라볼 게 아니라 발 벗고 적극적으로 북한의 방역을 도왔더라면 지금의 이 위기는 없었을까요? 뒤늦은 후회를 합니다.

강화도의 돼지는 다 살처분 되었습니다. 영문도 모른 채 죽어간 돼지들의 영혼을 위로하는 천도재를 지내야 되지 않겠냐고 지인이 말했습니다. 모든 생명은 다 존귀하다는데 돼지

라고 다를까요. 천도재라도 지내서 이 찜찜한 마음을 벗어버
리고 싶습니다.

　멀리 있는 돼지농장에는 불빛 하나 없이 깜깜합니다. 바람
결을 타고 역한 냄새가 실려 오기도 했는데 그마저도 이제 추
억이 되었습니다. 문득 어둠을 가르며 비명이 들려오는 것 같
습니다. 지상에서 내뱉는 돼지의 마지막 비명입니다.

길 위의 구도자와
평화의 배

지난여름은 시도 때도 없이 비가 내렸습니다. 비가 내리다가 그칠 기미만 보이면 어떻게 알았는지 매미가 울었습니다. 매미가 울어서 비가 그친 걸까요, 아니면 비가 그치니 매미가 우는 걸까요.

왁자하니 울어대는 매미 울음소리를 뒤로하고 읍내에 가려고 차에 올랐습니다. 그런데 어쩐 일인지 차에 시동이 걸리지 않았습니다. 기름만 채워주면 차는 달리는 것이라고 알고 있던 저는 순간 난감했습니다. 약속 장소까지 갈 일이 막막했습니다. 드문드문 다니는 버스는 시간 맞추기가 쉽지 않고, 그렇다고 이런 일로 택시를 부르기도 좀 그렇습니다. 마침 옆집 사는 이가 읍내에 나간다기에 그 차를 얻어 탔지만 내 차

놔두고 남의 차를 타려니 조금은 갑갑했습니다.

시골에 살려면 차가 있어야 편합니다. 군내 버스는 드문드
문 오니 시간 맞추기가 쉽지 않습니다. 택시는 따로 불러야
하는데다 요금 역시 만만찮습니다. 내 차가 없으면 여간 불편
하지 않습니다. 그래서 집집마다 자가용이 없는 집이 드물고
여유 있는 집은 심지어 사람 수만큼 차를 보유하기도 합니다.
남편 차가 따로 있고 아내가 모는 차가 따로 있는 셈이지요.
차가 발 노릇을 하니 어쩔 수 없는 일입니다.

이렇게 차 없이는 불편해서 살 수 없는 시골에서 차 없이
사는 사람이 있습니다. 그 사람은 늘 걸어 다닙니다. 일이십
리 정도는 보통이고 삼사십 리도 걸어서 다닙니다. 그가 걷는
것은 이동을 하기 위해서이기도 하지만 그보다는 내면의 소
리에 귀를 기울이기 위해서 걷습니다. 들끓는 생각들을 하나
로 모으기 위해서도 걸었고 살아있는 모든 것을 아름답게 모
시기 위해서도 걸었습니다. 그이의 걷기는 수도이고 또한 명
상입니다.

사진작가이자 평화운동가인 이시우 선생이 바로 걷기 명상
을 하는 분입니다. 선생은 한반도 내의 대인지뢰 매설과 피해

현황을 조사하고 발표를 했습니다. 그것은 매우 가치 있는 민간 보고서였고 시민 평화 감시의 한 전형을 보여준 사례였습니다. 그는 전쟁을 반대하고 평화를 도모하기 위해 노력하다가 국가보안법 위반으로 구속되기도 했습니다. 선생은 또 분단의 굴레 속에 갇혀버린 한강하구를 되살리기 위해 관성의 틀에 도전합니다. 한강하구의 문제는 곧 유엔사와 깊은 관련이 있다는 점을 알게 된 선생은 이후 유엔사 해체를 주장하며 강화에서 고성, 부산까지 수천리 길을 홀로 걸었습니다. 그리고 일본으로 건너가 오키나와 등의 미군기지를 찾아다니며 걷기명상을 했으며, 지금까지 그 문제를 깊이 연구하고 살핍니다.

이시우 작가를 만난 곳은 길 위에서였습니다. 매일 아침마다 그를 보았습니다. 우리는 급하게 차를 몰고 읍내로 가는 길이었고 그는 새벽 산책을 마치고 집으로 돌아오는 길이었습니다. 제 아이들이 중고등학생이던 그때는 아침이면 매우 바빴습니다. 읍내에 있는 학교까지 애들을 태워다 주기 위해 한 눈 팔 틈 없이 바삐 운전했습니다. 그런 우리와는 달리 이시우 선생은 늘 일정한 속도로 조용히 길을 걸었습니다. 선생의 발걸음은 늘 한결같았습니다. 빠르지도 않았고 그렇다고 느리지도 않았습니다. 그에게서 어떤 경건함까지 느껴졌습니다.

2004년께 이시우 선생과 이야기를 나눌 기회가 있었습니다. 선생은 조용조용 얘기했지만 그의 가슴속에는 끓어오르는 열정이 있었습니다. 그때 선생은 누구도 하지 않은 일, 아니 생각조차 하지 않는 일을 준비하고 있었습니다. 한강하구에 '평화의 배'를 띄우겠다고 했습니다. 한강하구가 어디던가요. 표면상으로는 남북 어디에도 속하지 않는 중립지역이지만 실제로는 남북이 첨예하게 대치하고 있는 곳입니다. 임진강과 한강이 합하는 파주시의 서쪽부터 예성강이 내려와 한강과 만나 서해로 흘러들어가는 강화군 교동도 부근까지를 가리키는 한강하구에는 보이지 않는 선이 그어져 있습니다. 아무도 들어갈 수 없는 금단의 한강하구에 평화의 배를 띄우겠다니, 진정 가당키나 한 일이란 말입니까.

1953년 7월에 맺은 정전협정에는 강원도 고성에서 경기도 파주까지 248킬로미터의 군사분계선을 그었지만 한강하구는 포함되지 않았습니다. 즉 군사분계선 확정은 육지에만 설정되었지 한강하구와 서해에 대해서는 군사분계선이 합의되

지 않은 것입니다. 더구나 정전협정 1조5항에는 한강하구에
대해 다음과 같이 규정하고 있습니다.

> 한강하구의 수역水域으로서 그 한쪽 강안江岸이 일방의 통제
> 하에 있고 그 다른 한쪽 강안이 다른 일반의 통제 하에 있는
> 곳은 쌍방의 민용民用 선박의 항행에 이를 개방한다. (……) 각
> 방 민용선박이 항행함에 있어서 자기 측의 군사통제 하에 있
> 는 육지에 배를 대는 것은 제한받지 않는다.

이렇게 민간 선박이 다니거나 육지에 배를 대는 것은 제한
받지 않는다는 조항이 있는데도 불구하고 휴전 후 지금까지
한강하구에는 배가 다닐 수 없습니다.

자유의 반대말은 구속이 아니라 관성이라고 이시우 작가
는 말합니다. 우리는 그동안 우리 스스로를 가두고 옥죄었습
니다. 한강하구에 들어가지 못하는 것을 당연한 것으로 여기
는 관성이 우리의 상상력까지도 막았습니다. 정전협정문에
서 보듯 한강하구는 군사분계선도 없고 비무장지대도 아니
며 인민군과 유엔군 어느 일방이 관할하거나 관리하는 것과

는 무관한 민간공용수역일 뿐입니다. 더구나 정전협정 1조5 항에서 보듯 민간선박의 자유항행이 보장된 곳입니다.

2005년 7월 27일에 '한강하구 평화의 배 띄우기' 행사가 진행되었습니다. 그것은 관성을 거스르는 행위였습니다. 비록 한강하구 안으로 들어가서 항행하지는 못했지만 시도만으로도 좋았던 행사였습니다. 평화의 배 띄우기는 막혀 있는 한강하구를 뚫는다는 상징적인 의미가 큽니다. 큰 둑도 손톱만큼 작은 구멍에서부터 허물어지기 시작한다고 하지 않던가요. 한강하구에 배를 띄우는 것은 곧 분단의 벽을 허물고 평화로 나아가는 길이기도 합니다. 이것이야말로 반 백 년 이상 우리를 옭아매고 있던 관성의 울타리를 깨부수고 걷어내는 신선하고 기발한 발상이 아닐 수 없습니다.

이시우 선생은《민통선 평화기행》,《정전협정의 틈, 한강하구》,《제주 오키나와 평화기행》,《유엔군사령부》등의 책을 썼습니다. 이 책들은 아무도 걸어가 보지 않은 길을 걸어간 결과물들입니다. 그곳은 광야였고 가시밭길이었습니다. 그는 그곳에 길을 만들었습니다. 오체투지를 하듯 온 몸과 마음을 다해서 만든 길이었습니다. 이시우 선생이 걷는 길은 도전과 항전의 연속이었습니다. 아무도 가지 않은 곳을 그는 걸었고, 그가 걸어간 곳에는 길이 생겼습니다. 그 길을 사람들은 따라갔습니다. 그래서 그 길은 차츰 넓혀졌고 탄탄해졌습니다.

이시우 작가의 상상으로부터 시작된 한강하구 평화의 배 띄우기는 2005년부터 2008년까지 매년 진행되었습니다. 여러 사정으로 잠시 멈췄던 이 행사는 2018년에 재개되었고 2020년 올해까지 이어져 오고 있습니다.

이시우 작가의 관성을 거스르는 상상에서부터 출발한 한강하구 평화의 배 띄우기는 정전협정의 틈을 벌리는 시도였습니다. 한강하구가 막히자 우리의 상상력도 막혀 버렸습니다. 막혀있는 한강하구의 물길을 뚫어야 합니다. 그것은 '섬'으로 전락해버린 한반도의 남쪽을 대륙과 연결하는 길입니다. 정전협정의 틈을 벌려 유라시아로 나아가야 합니다.

한강하구 평화의 배 띄우기 시도와 진행은 관성을 거스르는 데서부터 출발했습니다. 더디 가더라도 마침내 이루고야 마는 '우공이산愚公移山'의 정신과 결기가 한강하구에서 발현되었습니다. 자유의 반대말은 구속이 아니라 관성이라고 본 이시우 선생의 탁월한 식견 덕분이었습니다.

——

이시우 작가의 관성을 거스르는 상상에서부터 출발한
한강하구 평화의 배 띄우기는
정전협정의 틈을 벌리는 시도였습니다.
그것은 '섬'으로 전락해버린 한반도의 남쪽을
대륙과 연결하는 길입니다.
정전협정의 틈을 벌려 유라시아로 나아가야 합니다.

경계
없이
피는
꽃

2부 ——————————— 섬

연미정의
밤 불빛

　　　　　　　앞차가 속도를 줄입니다. 나도 따라서 속
도를 줄이며 앞쪽을 살펴보니 군인들이 차량의 통행을 막고
있었습니다. 훈련을 하러 가는 군대 차량들이 올 거란 뜻으
로 알아듣고 길 가장자리 쪽으로 바짝 차를 붙이고 기다렸더
니 아니나 다를까 반대편 차로로 장갑차의 대열이 다가왔습
니다. 장갑차에는 깃발을 들고 수신호를 하는 병사가 있었습
니다. 바짝 긴장한 얼굴로 수신호를 하는 병사를 보니 예전에
아들을 군대에 보냈을 때가 생각났습니다. 옆자리에 앉아 있
던 내 고향 친구도 군인들이 조카처럼 보이는지 애틋한 눈길
로 한참을 바라봅니다.

　　제 친구는 장갑차를 처음 보는 모양입니다. 더구나 대열을

지어 훈련하러 가는 것을 봤으니 신기해할 만도 합니다. 강화도에서도 자주 볼 수 있는 광경은 아닙니다. 일 년에 한 번도 보기 어려운 것을 제 친구가 봤으니 좋은 구경을 한 셈입니다.

친구는 북한을 가까이에서 볼 수 있는 곳에 가보고 싶다고 했습니다. 강화도에서는 황해도가 건너다보인다는데, 어디에 가면 황해도를 볼 수 있는지 궁금해했습니다. 황해도를 가까이에서 볼 수 있는 동네라면 양사면입니다. 민통선 안마을인 양사면에서는 어디에서고 다 강 건너 북녘땅이 보입니다. 그래서 그 쪽으로 길을 잡았습니다.

강화군 양사면에서 강화읍 월곶리의 연미정까지 가보기로 했습니다. 길을 따라 가노라면 강 건너편으로 황해도의 산과 들이 계속 보입니다. 게다가 풍광이 좋은 곳에 연미정이 위치해 있으니 친구에게 보여주기에는 이만한 구경거리도 없을 듯합니다.

연미정은 옛사람들이 강화 8경으로 꼽았을 정도로 주변 경치가 뛰어난 곳에 있는 정자입니다. 한강이 흘러 내려오다가 연미정 앞에서 두 갈래로 갈라지는데 그 모양새가 꼭 제비꼬리와 닮았습니다. 그래서 정자 이름이 연미정燕尾亭입니다. 연미정 앞은 바닷물과 민물이 교차하는 곳입니다. 밀물이 들면 바닷물이 한강하구로 올라가고 썰물이 지면 강물은 바다로 빨려 나갑니다. 강이기도 하고 바다이기도 한 이곳을 강화도 사람들은 '조강祖江'이라 부릅니다. 《세종실록지리지》에도 조강으로 기록이 되어 있는 것을 보면 옛 사람들도 그렇게 불렀나 봅니다.

밀물이 들면 염하를 따라 올라온 바닷물이 힘차게 한강으로 밀려들어갑니다. 배들은 황포돛대를 높이 달고 마포나루를 향해 올라갑니다. 썰물이 나면 민물들이 바다로 쓸려나갑니다. 연미정 앞은 마치 소용돌이라도 일어난 양 물들이 이리저리 휩쓸리기도 하고 또 몰려다니기도 합니다.

옛날에 조강은 고속도로였습니다. 충청도며 전라도 그리고 황해도에서 거둔 세곡이며 물자들이 조강을 타고 한양으로 올라갔습니다. 밀물 때를 기다리는 배들로 연미정 앞은 번잡했습니다. 말하자면 연미정 앞 나루터는 지금의 고속도로 휴게소였던 셈입니다.

세곡稅穀은 한강이 얼어붙기 전에 서울로 운송하는 것이 원

———

옛날에 조강은 고속도로였습니다.
충청도며 전라도 그리고 황해도에서 거둔 세곡이며
물자들이 조강을 타고 한양으로 올라갔습니다.
밀물 때를 기다리는 천여 척의 배들로
연미정 앞은 번잡했습니다.

칙이었습니다. 그렇기 때문에 추수가 끝나고부터 물이 얼기
전까지 강화 앞바다는 배들로 가득 찼습니다. 천여 척의 배들
이 밀물 때를 기다리며 한나절 이상을 연미정 앞에서 정박하
고 있었다고 하니 그 광경이 실로 대단했을 것 같습니다. 그
때의 정경을 《심도기행沁都紀行》에서는 이렇게 적었습니다.

　　鷰尾亭高二水中
　　연미정 높이 섰네 두 강물 사이에,
　　三南漕路檻前通
　　삼남지방 조운 길이 난간 앞에 통했었네.
　　浮浮千帆今何在
　　떠다니던 천 척의 배는 지금은 어디 있나,
　　想是我朝淳古風
　　생각건대 우리나라 순후한 풍속이었는데.

이 한시는 1906년에 고재형이라는 선비가 쓴 〈연미조범鷰
尾漕帆〉을 옮긴 것입니다. 연미조범이란 '연미정 조운선의 돛
대'란 뜻으로, 충청, 전라, 황해도에서 올라오던 조운선들이

돛을 활짝 펴고 연미정 앞을 경유하던 광경을 나타낸 것입니다. 선비가 《심도기행》을 썼던 1906년 당시에는 조운선이 폐지가 되어 볏 가마를 실은 천여 척의 배들을 볼 수는 없었겠지만 서울과 강화를 이어주는 뱃길은 여전히 살아있었습니다. 사실 그 당시에 강화도에서 서울까지 가자면 배가 가장 빠르고 편리한 교통수단이었을 것 같습니다.

배를 타고 서울로 오갔다니, 상상이 되지 않습니다. 한강을 오르내리는 배를 본 적이 없으니 그렇게 생각하는 게 당연합니다. 그러나 남북으로 분단되기 전에는 한강에 배들이 다녔습니다. 한강하구는 사람과 짐을 실어 나르던 배며 고기잡이 배가 다니던 큰 물길이었습니다. 서울로 가는 길은 오로지 육로밖에 없다고 생각하는 지금의 우리들로서는 쉬이 이해가 되지 않지만 옛날에 조강은 엄연한 길이었습니다.

번잡했던 연미정 앞 바다는 지금 인적 하나 없습니다. 고적한 물 위로 가끔씩 새들만 날아다닐 뿐입니다. 강둑에는 철책이 끝없이 이어져 있습니다. 두 길 가까이 높은 그 철책은 사람의 접근을 막습니다.

조강을 가운데 두고 강화도와 황해도가 마주보고 있습니

다. 가까운 곳은 채 2킬로미터도 떨어져 있지 않습니다. 이쪽
에서 소리쳐 부르면 저쪽에서 답이 날아올 것 같습니다. 이런
형편인데도 근 70년 동안 바라보기만 합니다. 그런 세월이
하도 오래되다 보니 이제는 강 건너 북녘이 우리 땅이라는 생
각조차도 희미해져 버렸습니다. 손에 잡힐 듯이 가까운 곳인
데도 천리만리 먼 곳 같습니다.

낮 동안 내내 잠잠하던 조강은 밤이 되면 깨어납니다. 강을
따라 줄지어 서 있는 탐조등에 불이 켜집니다. 불빛은 육지를
비추지 않고 강을 향해 나아갑니다. 주황색 불빛이 어른대는
강은 아름답기까지 합니다. 안개라도 낀 날이면 마치 꿈을 꾸
기라도 하는 양 아련하게 빛납니다.

그런 날 밤에 경계를 서는 초병들은 어떤 마음이 들까요.
혹시 향수에 젖어 들지는 않을까요. 하지만 조강은 그런 감상
조차도 허락하지 않습니다. 소리를 지르면 들릴 듯한 거리에
총부리를 겨누고 있는 적이 있는데 어찌 감상에 젖을 수 있겠
습니까. 초병들은 밤새 강물을 바라보며 시대와 불화하는 우
리의 현실을 속 깊이 느낄 것입니다.

스무 살 남짓의 청년들이 나라를 지키고 있습니다. 그들의

청춘을 담보로 해서 우리는 일상의 평화를 누리고 있습니다. 반백년이 넘도록 숱한 젊은이들의 청춘이 저 조강과 함께 흘러갔습니다. 그러나 오늘도 조강은 말없이 흐를 뿐 대답이 없습니다.

강화에서 찾은
고려

　　　　　남녘의 꽃소식을 전해 들었는지 강화도의
꽃들도 수선스럽게 봄마중을 합니다. 빈산에 노란 생강나무
꽃이 피기 시작하더니 진달래도 뒤를 따라 봄나들이를 갑니
다. 강화도는 지금 꽃 잔치가 한창입니다.

　이렇게 좋은 날에는 집에만 있지 말고 밖으로 나가야 합니
다. 그래서 가볍게 차려입고 나왔습니다. 겨우내 누런빛 일색
이던 마당도 어느 결에 초록빛이 비집고 올라오는 게 보입니
다. 토끼풀들이 잔디보다 더 일찍 마당을 선점하였습니다. 다
같은 초록이건만 토끼풀은 반갑지가 않습니다.

　토끼풀은 이름과는 달리 힘이 세어서 곁에 누구도 오는 것
을 반기지 않습니다. 그래서 토끼풀이 뿌리를 내린 곳에는 다

른 풀들이 자라지를 못합니다. 잔디밭에 토끼풀이 번졌다 하면 잡기가 여간 어려운 게 아닙니다. 번식하는 힘이 얼마나 맹렬한지 한번 토끼풀이 뿌리를 내리면 그곳은 곧 토끼풀 밭이 되어 버립니다. 그러니 어찌 두고 볼 수 있겠습니까? 토끼풀이 성하게 난 곳에 아예 소금을 한 줌씩 뿌려두고는 했는데, 그래도 매번 토끼풀에게 집니다. 그깟 소금에 기가 죽을 토끼풀이었다면 애초에 잔디밭에 발을 들이밀지도 않았을 것입니다. 산으로 가던 발걸음을 잠시 멈추고 쪼그리고 앉아 토끼풀을 뽑기 시작했습니다. 그러나 생각과는 달리 잘 뽑히지가 않습니다. 뿌리가 옆으로 번져나가서 뽑아도 똑똑 끊어질 뿐 다 뽑히지가 않았습니다.

고려를 밀어내고 새로 나라를 세운 조선에게 멸망한 고려는 어쩌면 토끼풀과 같지 않았을까요? 왕씨의 나라를 없애고 이씨 왕조를 세웠건만, 민심은 한동안 구왕조를 떠나지 않았을 것입니다. 심지어 조선의 녹을 먹는 것을 거부하고 두문동으로 떠난 72현도 있지 않습니까. 두문동은 고려 말기의 유신들이 조선에 반대하여 벼슬살이를 거부하고 지조를 지키기 위하여 숨어 살던 곳입니다. 충절 있는 선비들은 고려를 추앙하며 끝내 조선을 거부했습니다.

고려 왕조에 충절을 지킨 사람들이 어찌 두문동에만 있었 겠습니까. 강화에도 두문동과 같은 곳이 있었습니다. 새 왕조 를 거부하고 옛 왕조에 충절을 다한 사람들이 모여 살았다고 해서 '구신골舊臣谷'이라는 이름이 붙은 동네가 강화읍의 남 문 근처에 지금도 있습니다. 또 고려의 옛 신하들이 조선 조 정에 벼슬하지 않기로 맹세한 고개라고 해서 '부조고개'라는 이름이 붙은 고개도 있습니다.

조선을 부정하고 고려를 섬긴 그들의 충성과 지조는 대단 했지만 삶은 어떠했을까요. 재빨리 변신해서 새 왕조에 충성 을 맹약했다면 그들에게는 안락한 삶이 보장되었을 텐데 왜 보장받은 그 길을 버리고 가시밭길을 택했을까요. 그것은 대 대손손 후손에게까지도 신분과 지위의 박탈로 이어지는 길 인데도 그들은 개경을 버리고 강화로 와서 몸을 숨겼습니다.

강화도로 온 고려의 옛 신하들과 그들을 따르는 천여 명의 사람들은 역사의 뒤안길로 사라졌습니다. 하지만 그들의 정 신은 강화도에 이어져 내려왔을지도 모릅니다. 그래서 조선 은 강화를 핍박하지 않았을까요? 자신들을 거부하고 옛 왕조에 충성을 바치는 사람들이 모여 살았던 곳이니 좋게 봐줬을 리가 있겠습니까. 그래서 고려의 흔적들 역시 방치를 하고 훼손을 했을지도 모릅니다. 고려는 몽골의 침략을 피해 강화도로 수도를 옮겼습니다. 38년 동안 강화는 고려의 수도였습니다. 그런데도 강화에는 고려시대 유적이 많지 않습니다. 그것은 혹시 조선이 고려의 흔적을 철저하게 무시하고 파괴해서 그런 것은 아니었을까요.

우리 민족이 살아가는 터전인 한반도를 가리키는 '코리아'라는 단어는 '고려'에서 연유했습니다. 그것은 유럽의 무대에 우리의 존재가 알려진 것이 바로 고려시대라는 것을 의미합니다. 고려는 안정된 경제력과 국방력을 바탕으로 국제 무역을 활발하게 했습니다. 고려 상인은 바다와 육지를 통해 세계를 누볐으며, 송나라와 금나라, 또 일본과 아라비아 상인들까지 우리나라를 찾아왔습니다. 이처럼 고려는 문호를 활짝 열어 세계를 받아들인 개방적인 나라였습니다.

고려는 중국을 세계의 중심에 두는 한편으로 고려를 중심에 놓고 이해하는 면도 강했습니다. 고려는 스스로 천자국임을 표하며 왕을 '해동천자海東天子'라고 불렀습니다. 중국의

고려는 몽골의 침략을 피해
강화도로 수도를 옮겼습니다.
38년 동안 강화는 고려의 수도였습니다.
그런데도 강화에는 고려시대 유적이 많지 않습니다.

——

사신에게도 '사대의 예'가 아닌 '손님의 예'로써 접대하였던 자주성이 강한 나라였습니다.

자주성이 강했던 우리 민족의 의식은 조선시대에 와서 많이 사라졌습니다. 조선은 명나라와의 관계에서 사대정책을 취했습니다. 그것은 조선이 취한 궁여지책이었을 것입니다. 작은 나라인 우리나라가 살아남기 위해서는 큰 나라인 중국을 섬기는 게 유리하다는 판단을 하고 그렇게 했겠지만, 우리 민족의 기백은 많이 사라졌습니다.

강화도의 고려궁지에서 고려를 생각합니다. 그리고 고구려를 떠올립니다. 고려는 고구려를 이은 나라였습니다. 그래서 나라 이름도 고구려를 따서 고려라고 지었습니다. 고구려가 어떤 나라이던가요. 대륙으로 나아갔던 기백이 넘쳤던 나라였습니다. 강인하고 웅혼한 기상으로 중국과 대적해서 싸웠던 나라입니다.

고구려의 광대한 영토와 강한 자주성은 우리 민족의 자부심이기도 합니다. 그러나 우리는 지금 고구려를 잊고 있습니다. 고려 역시 잊고 지냈습니다. 오랫동안 분단된 나라 안에서 움츠리고 살다보니 우리는 그만 왜소해졌습니다. 힘과 기백이 넘치며 당당했던 고구려와 고려를 잊고 있었습니다. 지금 우리나라에 고려를 위한 지분은 별로 없습니다. 고려는 잊혔습니다. 대륙과 해양을 통해 세계 속으로 나아가던 고려의 개방성과 역동성을 지금 어디에서 찾을 수 있을까요.

고려궁지 뒤에 있는 북산으로 올라갔습니다. 고려 천도시절에는 개경의 송악산을 본떠 강화의 송악산으로 불리기도 했던 산입니다. 북산의 산등성이에는 돌로 쌓은 성벽이 이어집니다. 그 성곽은 북산에서 남산으로 이어져서 마침내는 강화읍을 한 바퀴 다 두르고 멈춥니다. 고려의 강화 천도시절에 쌓았던 성입니다. 세월이 흐르면서 무너지고 흩어진 것을 조선 숙종 시대에 다시 쌓아 오늘에 이르렀습니다.

북산 산마루에서 바라보는 강화의 산과 들이 하루가 다르게 변하고 있습니다. 겨우내 누런빛 일색이던 산이 연두색으로 변하고 있습니다. 봄이 되면 나무들은 생명의 움을 피웁니다. 땅속 뿌리에서 가지 끝까지 물을 빨아올립니다. 물이 돌아야 생명이 움틉니다. 막혀있는 곳에서는 생명이 깃들지 못합니다.

한반도는 지금 막혀 있습니다. 막힌 곳을 뚫으면 물이 흐르고 생명의 기운이 살아납니다. 우리 민족의 반만년 역사에서 보자면 끊어지고 막힌 지금의 70년은 아무것도 아닐 수 있습니다. 그 정도 세월은 금방 원래대로 되살릴 수 있습니다. 그러나 막혀있는 세월이 오래가면 그곳은 곪고 또 썩을지도 모릅니다. 그러니 하루빨리 막힌 곳을 뚫어야 합니다.

강화읍의 북산 산마루에서 북쪽을 바라봅니다.

"우리 민족이 세계 속에 우뚝 서려면 통일을 해야 해요. 남북이 서로 왕래를 하는 게 바로 통일로 가는 길이에요."

"맞아요. 서로 왕래를 해야지요. 개성공단도 살리고 금강산 관광도 재개해야지요. 그렇게 서로 왔다 갔다 하는 게 우리나라와 민족을 살리는 길이에요."

남북이 서로 왕래를 하고 동질성을 찾아가다가 마침내 하나가 되는 것, 그것이 곧 고구려와 고려를 다시 찾고 되살리는 길일 것입니다. 그것은 또 우리 민족이 융성해지는 길이기도 합니다. 갑자기 사람들의 목소리가 높아집니다. 북녘을 바라보며 평화와 통일을 꿈꾸니 가슴이 저절로 뛰어오르나 봅니다. 강화읍 북산에는 때아니게 통일의 꽃이 피었습니다.

진강목장과
북벌의 꿈

　　　　　　모내기를 앞둔 이맘때의 강화도는 또 다른
바다입니다. 봄물을 실은 들판은 바다인 양 늠실거립니다. 왜
가리 몇 마리가 고개를 처박고 논바닥을 훑어댑니다. 한가롭
고 평화로운 풍경입니다.

　백 년 전의 강화도는 어땠을까요. 그때도 모내기를 앞둔 논
에는 물이 가득했을 것이고 왜가리며 백로들은 논바닥을 훑
으며 미꾸라지를 잡았을 것입니다. 그때의 풍경을 강화 두두
미마을에 살던 한 선비는 이렇게 그렸습니다.

鎭江山色碧如屏

진강산 산색은 푸른 병풍을 친 듯하고

片片歸雲錦繡形

흐르는 조각구름 비단에 수놓은 듯하다

首智遺墟可處是

수지현 옛 터는 어디쯤에 있을까

造翁筆下影丹靑

조물주의 붓끝 아래 단청이 그려졌네

고재형 1846~1916 《심도기행》

진강산은 강화도 양도면과 불은면을 호위하고 있는 산으로 강화에서는 마니산 다음으로 높은 산입니다. 이 산의 남쪽에는 조선시대 군마들을 키우는 '진강목장'이 있었습니다. 그래서 산 아랫마을에는 목장과 연관된 지명들이 지금도 더러 남아 있습니다.

조선시대에 말은 가장 빠른 이동수단일 뿐만 아니라 나라 사이의 교역에서도 이용되었습니다. 또 군사적으로도 매우 중요했습니다. 나라를 지키기 위해서는 국방에 충실해야 합니다. 그러기 위해서는 무엇보다 말의 원활한 공급이 중요했습니다. 그래서 나라에서는 마장馬場을 특별 관리했습니다.

말하자면 말 목장은 나라의 기간산업이자 군수산업이었던 것입니다.

말 목장은 대부분 섬이나 바닷가의 툭 튀어나온 곳串에 위치했습니다. 섬은 사방이 바다여서 말이 도망치기 힘들고, 외부에서 맹수나 도적의 침입이 어렵습니다. 또 섬은 육지와 비교해 상대적으로 인구가 적어 목장에서 키우는 말이 농경지를 침범해 농사를 망치는 피해도 줄일 수 있었습니다.

섬의 목장에서 키운 말은 육지로 옮겨져 왕실이나 관청에 공급되고 또 중국에 조공을 보내는 경우도 있었습니다. 목장이 육지에서 멀리 떨어진 섬에 있으면 말을 이동시키는데 어려운 점이 많습니다. 그러나 강화도는 도성인 한양에서 가깝다는 지리상의 이점이 있습니다. 물길과 육로를 이용해 하루 해 안에 도성에 당도할 수 있었으니 목장지로는 최적지였던 것입니다. 그래서 조정에서는 강화도에 아홉 군데의 목장을 두고 군마를 키웠습니다.

1820년 무렵에 제작된 〈강화부 목장지도〉를 보면 당시 강화부 관내에는 진강, 북일, 매음도, 주문도, 장봉도, 신도, 거을도, 볼음도, 미법도 등지에 목장이 있는 것으로 나타나 있습니다. 진강목장은 강화군 양도면 일대이고 북일목장은 화도면 내리, 매음도는 지금의 석모도를 말합니다. 장봉도, 신도, 거음도 등은 지금은 옹진군에 속해 있지만 당시에는 강화부 소속이었습니다. 이중 진강목장은 1,500여 필의 말을 사육했습니다. 규모에 있어서는 제주도 다음 가는 목장이었습니다. 진강목장은 또 우수한 군마를 공급하던 곳이기도 했습니다. 특히 효종 때는 북벌 계획의 일환으로 우량 마종을 방목하고 전마戰馬 확보에 힘을 기울였습니다. 《조선왕조실록》에도 "진강목장은 준마가 많다고 일컬으니, 효묘孝墓께서 설립하신 뜻이 진실로 우연하지 아니하다." _{숙종실록 15권} 라고 기록돼 있습니다.

진강목장에는 이름난 명마가 한 마리 있었습니다. 효종은 이 말을 특별히 사랑해서 '벌대총伐大驄'이란 이름을 지어 주고 관리에 만전을 기하도록 엄명했습니다. '벌대총'은 '청나라를 칠 말'이란 뜻으로 효종의 북벌 의지를 담은 명마였습니다.

조선의 17대 왕인 효종은 인조 임금의 둘째 아들로 태어났습니다. 왕자 시절 '봉림대군'이라 불린 효종은 왕비의 몸에서 태어난 적실 왕자였지만 위로 왕세자인 형님이 있었기 때문에 다음 왕위에 오를 가능성은 크지 않았습니다. 그러나 형

님인 '소현세자'가 병사한 후에 둘째 왕자였던 '봉림대군',
즉 효종이 왕이 됐습니다.

병자호란 때 조선을 침략한 청군은 봉림대군을 비롯해서
많은 수의 양민들을 볼모로 잡아갔습니다. 왕자 시절에 청나
라에 볼모로 끌려가서 8년 동안이나 고초를 겪었던 효종은
그 치욕을 잊지 않았습니다. 왕이 된 그는 조심스레 북벌의
꿈을 키웠습니다. 진강목장에서 군마들을 키웠던 데는 이런
까닭이 있었던 것입니다.

진강산을 오르노라면 꼭대기 근처에 커다란 너럭바위가
하나 있습니다. 그 바위 가운데에 어른 주먹 하나가 통째로
들어갈 정도 크기의 홈이 하나 파여 있는데 옛사람들은 이 홈
을 효종 임금이 아꼈던 벌대총의 말발굽 흔적이라고 봤습니
다. 벌대총을 하늘이 내린 말이라고 보았던 것입니다.

북벌의 계획을 세웠던 효종의 비원은 조선 백성들의 염원
이기도 했을 것입니다. 청나라에 복수를 하고 싶었던 사람들
의 비원이 진강산 너럭바위에도 서려 있습니다. 그들은 진강
산 너럭바위에 있는 홈을 벌대총의 발굽 흔적이라 여겼습니
다. 벌대총을 하늘이 내린 천마라고 생각하며 북벌을 꿈꿨던

북벌의 계획을 세웠던 효종의 비원은
조선 백성들의 염원이기도 했을 것입니다.
청나라에 복수를 하고 싶었던 사람들의 비원이
진강산 너럭바위에도 서려 있습니다.

효종과 그가 아꼈던 벌대총을 기렸던 것입니다.

벌대총은 바람처럼 빨리 달렸습니다. 온몸의 털색이 하얀 백마였지만 갈기와 꼬리는 푸르스름한 색을 띠고 있었습니다. 벌대총은 왕의 행차를 돕고 강화로 돌아오다가 양천^{현 서}울 ^{양천구} 범머리에서 그만 죽고 말았습니다. 왕이 워낙 아끼던 말이 죽었으니 관원들의 걱정은 이만저만이 아니었습니다. 난감해진 양천 원님은 이 사실을 어떻게 효종에게 알려야 할지 고심하면서 며칠을 보냈습니다. 그는 죽기를 각오하고 대궐로 들어가 임금을 알현하고 "아뢰옵기 황공하오나 벌대총이 누운 지 사흘, 눈을 감은 지도 사흘이며, 먹지 않은 지가 사흘입니다." 하고 아뢰었습니다. 이 말을 들은 효종이 놀라 묻기를 "벌대총이 죽었다는 말이냐? 아, 벌대총을 타고 청나라를 치려는 나의 뜻을 하늘이 버리시는구나."라고 탄식하며 눈물을 흘렸다고 합니다. 이후로 '양천 원님 죽은 말 지키듯 한다.'는 말이 생겼습니다. 어찌해야 할지 모르는 상황에서 그저 지켜만 보고 있는 형편을 빗대어 그렇게 말했습니다.

조선 후기에 들어오면서 말 목장들은 차차 줄어들고 폐지됐습니다. 농지의 확대가 필요하다는 주장이 더 우세해졌기 때문입니다. 강화도의 목장들도 축소하고 혁파해야 한다는 주장이 거세어졌습니다. 숙종 34년1708 강화유수 박권은 숙종에게 진강목장의 폐지를 요청하며 다음과 같이 이유를 설명합니다. '진강의 목장이 섬사람들의 해가 되고 있습니다. 곡식이 여물 때는 마을 사람들이 말을 몰아내기 위해 밤마다 떠들고…… (중략) 수확 후 저장하지 못한 곡식은 말떼가 지나면 죄다 없어지고 남은 것이 없어 백성이 원망하고 있습니다.' 숙종실록 34년 12월 3일

진강목장은 세월의 흐름 속에 사라졌습니다. 하지만 부국강병의 기상은 지금도 면면히 이어져 오고 있습니다. 군마들을 조련하고 키웠던 진강목장은 지금 또 다른 호국의 간성들을 키우고 조련하는 터가 됐습니다.

진강산의 남쪽 골짜기에 포병부대가 있습니다. 과거의 군마가 현재의 포병으로 치환돼 양성되고 있습니다. 그 옛날 벌대총이 흰 갈기를 휘날리며 달렸던 진강목장에서 지금 푸른 옷의 군인들이 강병으로 훈련받고 있습니다. 북벌의 꿈을 담은 진강목장은 조국의 평화로운 미래를 그리며 그 기상을 이어가고 있습니다.

150년 전,
광성보

"강원도 양구로 배치받았는데, 겨울에 얼마나 추울까 벌써 걱정이에요."

강화나들길 2코스인 호국돈대길을 같이 걷던 경은 씨가 군대 간 아들 걱정을 했습니다. 올겨울이 추울까 봐 벌써 걱정이라며 눈이 많이 안 오면 좋겠다는 말도 덧붙였습니다. 그러자 뒤를 따라 걷던 사람이 요즘 군대는 옛날과 다르니 걱정 말라며 안심시켰습니다. 그 말에 다소 위로는 되었겠지만 그래도 경은 씨는 아들이 제대하는 그날까지 마음을 놓지 못할 것입니다.

둘이 나누는 이야기를 듣고 있노라니 전에 제 아들이 군대에 갔을 때가 떠올랐습니다. 눈이 많이 오면 눈 치우느라 고

생할 아들이 생각났고, 더우면 이 더위에 훈련할 모습이 떠올라 마음이 짠했습니다. 지나가는 군인만 봐도 마치 내 아들인 양 여겨져서 다시 한번 쳐다보기도 했던 그때였습니다. 군대에 아들을 보냈던 엄마들이라면 모두 이런 마음으로 지냈을 텐데, 경은 씨도 지금 그 길을 가고 있습니다.

아들이 군대에 있을 때는 제대만 하면 끝일 줄 알았습니다. 그러나 그게 아니었습니다. 현역군에서는 제대했지만 대신 예비군이 되어 일련의 교육과 훈련을 받아야 했습니다. 현역에서 제대해도 직장이나 지역예비군에 소속되어 그 임무를 다해야 합니다. 이러한 군사 체계는 과거에도 있었던 듯합니다. 고려의 강화 천도 시기에 병사들이 바다를 메워 논을 만들어 둔전을 두었다는 기록이 있는 것을 보면 그때에도 보통 때는 농사를 짓다가 비상시에는 전투병으로 투입되는 향토방위군이 있었던 것 같습니다. 그것은 조선시대에도 마찬가지였습니다. 조선시대 지방 병력의 대부분은 양인인 농민들이었습니다. 조선시대에는 16세에서 60세까지의 정남正男에게는 군역의 의무가 있었습니다. 당시 인구의 대다수가 농민이었던 점으로 봐서 군역을 담당하는 사람들 대부분이 양인인 농민들이었다고 봐도 무방할 것 같습니다. 양인 농민들은 평상시에는 농업에 종사하다가 징발이 되면 정병正兵으로 복무해야 했습니다.

강화도 해안에 있는 돈대와 그 상급기관인 '진'과 '보'에는 상주하는 병사가 있었습니다. 약 1,500명의 병사가 54개에 달하는 돈대, 진, 보를 나누어 경계했습니다. 군졸들은 농사를 짓거나 고기잡이 등의 생업을 하던 양인들이었을 겁니다. 지금의 예비군이나 민방위대원들처럼 정규군이 아닌 지방군이 강화의 국방 요충지들을 지켰습니다.

강화해협을 따라 나들길을 걷다가 신미양요의 현장인 광성보에 도착했습니다. 광성보에는 신미양요의 참상이 담긴 사진을 입간판으로 세워놓은 곳이 있습니다. 포탄에 맞아 무너진 성벽 아래 조선군들이 쓰러져 있습니다. 사진 속 조선군 중 일부는 흰옷 차림입니다. 그들은 병사라기보다는 농민들 같습니다. 급박하게 돌아가는 전황에 다급히 징발된 농민들이 아니었을까요?

우리나라는 숱한 전란을 겪었습니다. 이민족의 침입에 전 국토가 유린되었던 적도 여러 번입니다. 그때마다 나라 전체가 전장이 되었고 백성들은 살아남기 위해 무기를 들고 적과 싸웠습니다. 신미년인 1871년에도 그랬습니다. 조선을 개항시켜 자국의 경제적 이익을 꾀하려는 나라들이 우리나라를 넘봤습니다. 프랑스를 위시해서 미국이 쳐들어왔습니다. 한양과 가까운 강화도에서 벌어졌던 일련의 사건들이 바로 그것입니다. 적들은 수도인 한양의 코앞까지 진격해서 위협했습니다. 그들은 물류의 흐름을 막아 도성을 마비시킬 심산으로 강화도를 점령하려고 했습니다. 삼남과 기호지방에서 난 물자들은 강화도의 바닷길을 거쳐 한양으로 갑니다. 그 길을 막으면 도성의 물가는 올라가고, 조선의 조정은 곤란에 처할 것입니다. 그래서 병인년에 프랑스가, 또 신미년에는 미국이 강화도를 유린하였습니다. 그로부터 5년 뒤에 있은 운요호 사건으로 조선은 일본의 강압에 의해 개항을 하게 됩니다. 이로써 우리나라는 거센 역사의 격랑 속에 내몰리게 되었고 결국에는 나라를 잃는 아픔까지 겪었습니다.

1866년 8월 20일에 미국 상선 제너럴셔먼호가 평양 대동강에서 조선군에 의해 격침되었습니다. 이 사건은 몇 달 뒤에나 미국에 소식이 전해졌는데, 이는 배에 타고 있던 23명 가

운데 살아남은 자가 하나도 없었기 때문입니다. 당시 미국은
유럽의 강대국들이 아시아에 진출해나가자 다급하던 차였습
니다. 중국에서 활동하던 미국 공사로부터 제너럴셔먼호 사
건을 전해 듣자 조선에 보복하고 개항시켜야 한다고 생각합
니다.

제너럴셔먼호가 격침된 이듬해인 1867년부터 1869년까
지 여러 차례에 걸쳐서 군함을 보내 조사를 한 미국은, 미국
선원들이 먼저 조선인을 죽이고 납치했다는 걸 알게 됩니다.
그러나 그들은 오히려 자국민을 죽인 조선 정부의 책임을 따
지면서 그 대가로 통상 조약을 맺을 것을 강요했습니다. 그때
마다 조선 정부가 거절하자 병인년에 프랑스가 그랬던 것처
럼 강화도를 점령해 조선 정부를 협박하기로 합니다.

미국은 아시아 함대의 사령관인 로저스 제독에게 조선 원
정을 명령합니다. 로저스 제독은 페리 제독이 1854년에 일본
을 포함외교로 개항시킨 것처럼 조선도 그와 같은 방법으로
개항시키려고 마음먹습니다. 포함외교란 함대를 파견해서
압력을 가함으로써 상대방으로부터 유리한 조건을 끌어내는
외교 전략을 말하는데 주로 강대국이 군사 약소국이나 식민

지에 동원했던 군사 외교 방법입니다.

1871년고종 8년 5월 초에 미국의 아시아 함대 사령관인 로저스 제독은 전 함대를 일본 나가사키에 집결시킨 뒤 해상훈련을 실시하였습니다. 그리고 군함 5척과 해군 1,200여 명으로 이루어진 '조선원정대'를 만들어서 5월 16일에 나가사키항을 출항해 조선으로 향합니다. 조선원정대의 규모는 엄청났습니다. 군함 5척기함 1, 순양함 2, 포함 2에 대포도 85문이나 설치되어 있었습니다. 또 1,230명이나 되는 병사들은 남북전쟁을 치른 경험이 있는 병사들도 다수 섞여 있는 정예병들이었습니다.

당시 강화도 해안에는 대포들이 설치되어 있었고 경계를 하는 군사들 역시 많이 배치되어 있었습니다. 하지만 미군과 질적으로는 비교 자체가 불가능할 지경이었습니다. 남북전쟁을 치른 경험도 있는 해병대와 수병으로 구성되어 있는 미군에 비해 조선군은 전투경험이 일천하였습니다. 비록 몇 년 전에 프랑스군을 격퇴시킨 경험은 있었지만 질적으로나 양적으로 절대 우위에 있는 미군의 상대가 될 수 없었습니다.

1871년 6월 1일 정오 무렵에 초지진 앞바다에 이양선이 나타났습니다. 미군은 대포가 실려 있는 군함 두 척과 작은 배 네 척으로 탐사대를 이루어 본대가 있는 작약도를 출발해 초지진 앞바다에 나타났습니다. 군함은 초지진에서 약 4킬로미터 정도 떨어진 광성보까지 올라갔습니다.

1866년의 병인양요를 겪은 뒤 서양 함대의 위력을 절감한 조선 조정이 이양선이 자주 나타나는 서해안에 병사들을 집중 배치했습니다. 대포를 다룰 줄 아는 병사 3천여 명을 뽑아 서해안의 곳곳에 배치해두었습니다. 강화도에는 특별히 진무영을 조직해서 훈련도감의 군사 200명을 비롯해서 금위영, 어영청, 총융청에서 100명씩 뽑아 모두 500명의 군사를 배치했습니다. 어재연 장군은 진무영을 지휘하는 중군에 발탁되어 광성보에 진을 치고 있었습니다.

광성보 주변의 바다는 물살이 빠르고 거세기로 유명해서 따로 '손돌목'이라 부릅니다. 그곳은 암초도 많아서 물길을 모르는 사람이 손돌목을 지나가다가는 암초에 부딪히거나 거센 물살에 휩쓸릴 수도 있는 위험한 곳입니다. 어재연 장군은 침착하게 때를 기다리다가 적함이 광성보 부근에 닿았을 때 대포를 쏘라는 명령을 내렸습니다. 명령만 기다리고 있던 병사들이 일제히 대포를 쏘았습니다. 순간 하늘이 찢어지고 땅이 무너져 내리도록 굉음이 울려 퍼졌습니다. 조선군은 때를 놓치지 않을 심산으로 적함을 향해 연거푸 대포를 쏘았습니다.

조선군이 쏜 대포는 큰 물보라를 일으키며 바다 위에 떨어졌습니다. 그러자 마치 이때를 기다리기라도 한 듯 미군 군함이 대포의 방향을 광성보 쪽으로 돌려 포탄을 날리기 시작했습니다. 조선군과 미군은 약 15분 동안 포탄을 서로 날렸습니다. 광성보 앞바다는 천지를 분간할 수 없이 포연에 휩싸였습니다. 탐사대장으로 나섰던 미국 해군 중령 블레이크가 "이처럼 좁은 바다에서 이렇게 짧은 시간에 이토록 집중 포격을 당한 것은 처음이었다. 남북전쟁에서도 이런 포격은 당해보지 않았다."고 말했을 정도로 당시 조선군은 적을 향해 많은 양의 포탄을 쏘았습니다.

그렇게 많이 포탄을 날렸지만 조선군은 미군 측에 별다른 피해를 주지 못했습니다. 대포의 명중률이 낮았기 때문입니다. 당시 조선군이 보유하고 있던 대포들은 강화해협 쪽으로 방향이 맞춰져 있었지만 포신을 좌우로 돌리는 것이 매우 어려웠기 때문에 목표물을 조준할 수가 없었습니다. 대포들은

통나무로 된 포좌에 고정되어 있어 신속하게 사격방향을 조
정할 수가 없었던 것입니다. 또 대포의 사정거리도 짧았습니
다. 포탄 또한 파괴력이 없는 그저 커다란 쇠구슬 정도에 불
과해서, 설혹 명중을 시켰다 해도 배에 구멍이 나는 정도에
불과했습니다. 이에 반해 미국은 남북전쟁을 치르면서 무기
의 단점을 보완했기 때문에 대포의 성능이 매우 뛰어났습니
다. 명중률도 높았을 뿐만 아니라 포탄이 날아가는 거리 또한
길었습니다. 또 목표물에 맞으면 엄청난 피해를 주었습니다.

　이 전투에서 조선군은 많은 사상자를 냈습니다. 그래서 어
재연 장군은 부득이하게 후퇴를 명령할 수밖에 없었습니다.
때마침 미 군함 한 척이 암초에 부딪혀 물이 새어드는 바람에
미군은 강화해협을 따라서 서울까지 올라가겠다는 계획을
접고 본대가 있는 작약도로 돌아갔습니다.

　조선군과 미군 사이의 최초 전투였던 이 싸움에서 조선군
은 분전했지만 그것은 미군에게 위협적이지 않았고 오히려
조선군의 화력이 보잘것없다는 것을 노출시킨 것에 지나지
않았습니다. 그래서 미국은 열흘 뒤에 또다시 강화도 상륙작
전을 결행합니다. 1871년 6월 10일, 미국 함대는 해병대와

해군 650명을 태우고 다시 초지진 앞에 나타났으니 이른바 '신미양요'가 바로 그것입니다.

　나무에 파릇파릇 물이 오르던 오월 어느 날에 광성보에 간 적이 있습니다. 대기는 싱그러웠습니다. 그 속을 소풍을 온 유치원 아이들이 뛰어다녔습니다. 소곤대며 걸어가는 청춘의 연인들이며 유모차를 밀고 가는 젊은 부부까지 초록빛 자연과 너무나 잘 어울렸습니다. 1871년 6월의 그때도 광성보는 이렇게 아름다웠나 봅니다. 조선원정대에 참가했던 미군의 한 해병 대위가 본국에 있는 아내에게 보낸 편지에 보면 조선이 얼마나 아름다운 나라인지 설명해줍니다.

　이 나라는 정말 아름다워요. 온통 아름다운 산과 계곡으로 가득 차 있고, 들에는 온갖 곡식이 자라고 있어요. (……) 모든 것이 푸르고 아름다우며, 작은 초가집들은 소나무 등 여러 상록수 숲속에 아늑하게 자리 잡고 있답니다.

　그렇게 아름답게 빛나던 강화도의 동쪽 해안은 열흘 뒤에 아수라장이 되었습니다. 천지를 뒤흔들 듯이 울리는 포성과

———

1871년 6월 미군의 공격으로 시작된 광성보 전투에서
조선군은 350명이나 목숨을 잃었습니다.
부상을 당하거나 포로로 잡힌 사람도 많았습니다.

자욱한 연기 속에 초지진과 덕진진 그리고 광성보는 부서지고 무너졌습니다. 삶의 터전을 지키기 위해 목숨을 걸고 싸웠던 조선군들은 포탄과 총알에 맞아 죽어갔습니다. 광성보 전투에서 조선군은 350명이나 목숨을 잃었습니다. 부상을 당하거나 포로로 잡힌 사람도 많았습니다.

나라가 없는 설움을 우리는 잘 알고 있습니다. 나라가 있어야 나도 있는 것입니다. 그러니 나라를 위해 헌신하는 것은 어쩌면 너무나 당연한 일입니다. 신미년의 조상들이 삶의 터전을 지키기 위해 목숨을 바쳤듯이 우리 역시 나라가 부르면 언제든 달려갈 준비가 되어 있습니다.

자기 자리에서 헌신하는 사람들 덕분에 오늘의 우리나라가 있습니다. 전 세계에 퍼진 전염병으로 각국이 난관에 처해 있지만 우리나라는 이 위기를 슬기롭게 헤쳐나가고 있습니다. K방역으로 이름이 날 정도로 우리의 위기 대처 능력은 뛰어납니다. 나라가 위기에 처할 때마다 분연히 나섰던 조상님들처럼 지금의 우리 역시 나라를 위해 나섭니다. 각자의 자리에서 맡은 바 일을 잘 해내는 것도 바로 나라를 위하는 길이겠지요.

외성과
철책

"쿠릉 쿠르릉 쿠릉."

아이들을 학교에 보내고 막 커피 한 잔의 여유를 즐기고 있는데 밖에서 이상한 굉음이 들렸습니다. 무엇인가 거대한 것이 지나가는지 베란다의 유리창이 미세하게 떨렸습니다. 소리의 정체가 궁금해서 창문을 열고 밖을 내다보니 긴 포신을 앞세운 탱크들이 줄을 지어 가고 있었습니다.

탱크를 실제로 본 건 처음이었습니다. 더구나 한두 대도 아니고 탱크의 행렬이었으니, 신기해도 너무 신기했습니다. 강화도로 이사를 온 지 한 달밖에 안 됐을 때 봤던 광경이었습니다. 우리가 강화도로 이사를 간다고 하자 양가의 어른들이 왜 걱정을 하신지 비로소 이해가 되었습니다.

강화로 이사를 하자 왜 도시에서 시골로 갔느냐고 의아해 하는 분도 있었습니다. 그보다 더 궁금해하는 건 강화가 과연 안전한가였습니다. 연평도 포격사건이 있었을 때는 강화는 괜찮은지 지인들이 전화했습니다. 천안함 사건 때도 마찬가지였습니다. 강화가 괜찮지 않을 정도면 우리나라도 괜찮지 않을 것이라고 응답하곤 했지만 그분들의 걱정도 이해가 갑니다. 그만큼 강화도가 북한과 가깝기 때문입니다.

강화도는 지리적으로 북한과 가까이 위치해 있습니다. 그렇다 보니 안보상의 필요에 의해 북쪽의 해안가에는 끝없이 철책이 쳐져 있습니다. 또 군부대와 군사시설들도 곳곳에 들어서 있고 주둔하고 있는 병사들 역시 많습니다. 강화도 전역이 요새인 셈입니다.

과거에도 강화도는 군사적으로 매우 중요한 곳이었습니다. 강화도는 적의 침략으로 나라가 위태로울 때 피난을 오던 곳이었습니다. 강화도는 방어 시설이 잘되어 공격하기 어려운 금성탕지金城湯池였습니다. 육지와 얼마 떨어져 있지 않지만 물살이 센 바다가 가로막고 있으니 빤히 건너다보이는 곳을 쳐들어올 방법이 없습니다. 그래서 몽골도 강화로 건너올 수 없었고 또 정묘호란 때 청나라 역시 바다 너머 김포에서 을러대기만 했을 뿐 쳐들어오지는 못했습니다. 설혹 바다를 건넜다 할지라도 마땅히 배를 댈만한 곳이 없었습니다. 바닷가는 무릎까지 푹푹 빠지는 갯벌이 펼쳐지니 들어올 방법이 없었던 것입니다. 이러한 지형적인 특수성에 더해 고려시대부터 강화도를 방비하기 위한 시설물들을 축조하기 시작했으니, 강화도는 말 그대로 보장지처保藏之處가 된 셈입니다.

강화도를 중요시하면서 요새화시킨 것은 고려시대부터입니다. 힘이 강대해진 몽골은 주변 지역을 위협했습니다. 고려 역시 몽골의 위협에서 자유로울 수가 없었습니다. 몽골의 사신 '저고여'가 본국으로 돌아가던 중 압록강 인근에서 피살되자 몽골은 이것을 기회로 고려를 침공했습니다. 고려는 대항하였으나 수도 개경이 포위되자 더 이상 버티지 못하고 화의를 성립하게 됩니다.

몽골군이 철군하자 고려 조정은 장기 항전을 위해 강화도로 천도하고, 새로운 수도를 보호하기 위해 내성, 중성, 외성을 쌓았습니다. 《고려사》에는 고종 24년1237에 외성을 쌓고 37년에 중성을 쌓았다는 기록이 있습니다. 그리고《고려사절요》에는 고종 22년 12월에 당시 최고 실권자였던 최우가 주와 현에서 공역을 담당하는 사람들을 징발해서 강화 연안의 제방을 더 높게 쌓은 것으로 나와 있습니다.

몽골은 여러 차례에 걸쳐 고려에 쳐들어옵니다. 그러나 강화도에 있던 고려의 중심 세력들을 굴복시킬 수가 없었습니다. 마침내 고려와 몽골은 화의를 맺습니다. 몽골은 강화도가 눈엣가시처럼 생각이 되었는지 화의의 조건으로 강화 천도 시절의 궁궐과 성들을 다 부수라고 요구했습니다. 몽골의 사절들은 빨리 부수기를 독촉했습니다. 고려는 몽골의 요구대로 강화도의 궁궐과 성들을 허물었습니다. 성을 허물어뜨리는 소리가 천둥처럼 울렸고 성을 허무는 병사들의 한탄과 고통스러운 울음 또한 그에 버금갈 만큼 컸다고 합니다.

사적 제452호로 지정되어 보호를 받고 있는 외성은 강화의 동쪽 해안을 따라 쌓은 성입니다. 《신증동국여지승람》에 의하면 길이가 약 37,076척약 11.2킬로미터에 달하며 흙으로 쌓은 성이었다고 합니다. 몽골의 요구에 의해 파괴한 후로 성은 흔적만 남아있었습니다. 그 뒤로 조선시대에 와서 강화도의 중요성이 대두되면서 다시 성을 쌓았습니다.

  조선의 숙종 임금은 만일의 사태에 대비해서 강화도를 요
새로 만들었습니다. 즉위 초 병조판서를 보내 지형을 살펴보
게 한 뒤 고려시대 외성의 흔적을 토대로 강화 해안의 돌출부
에 48개의 돈대를 설치했습니다. 숙종은 강화도를 하나의 큰
성으로 만들고자 했습니다. 강화 전 해안에 돈대가 설치되자
각 돈대를 연결하는 토성을 쌓도록 했고, 그래서 해안 방어
상 중요한 위치에 있던 강화해협의 적북돈대에서 초지까지
약 40리에 이르는 토성을 쌓았습니다.

  강화 외성은 흙으로 쌓은 성이었습니다. 그렇다 보니 오랜
세월 동안 비바람에 무너져 내려서 지금 남아 있는 토성 구
간은 얼마 되지 않습니다. 더구나 토성을 따라 도로가 나면서
성은 더 왜소해졌습니다. 도로를 만들 때 흙을 돋워서 키를
높이다 보니 외성과 도로의 높이가 거의 비슷해져 버렸습니
다. 그래서 일부러 일러주지 않으면 외성의 존재 자체를 모르
고 지나칠 수도 있습니다.

  갑곶돈대에서 더리미까지 흙으로 쌓은 외성의 흔적이 일
부 남아 있습니다. '외성탐방로'로 지정해 놓아서 성 위를 걸
을 수도 있습니다. 그러나 탐방로를 따라 걸어서는 성의 면모

를 제대로 느낄 수가 없습니다. 외성은 성 아래로 내려가서 밑에서 위로 올려다봐야 비로소 성의 진면목을 조금이나마 느낄 수 있습니다. 그 옛날 바다 건너 김포에서 강화를 바라보자면 해안을 따라 쌓은 외성 때문에 성 안이 보이지 않았을 것도 같습니다. 그러니 지금의 모습만 보고 섣불리 강화외성을 판단하지는 말 일입니다.

외성은 해안을 따라가며 쌓았기 때문에 밀물과 썰물의 흐름에 따라 무너지고 깎여 나가는 곳이 생겼습니다. 처음에는 흙으로 쌓았지만 돌로 보수해도 마찬가지였습니다. 허물어지고 무너질 때마다 다시 쌓기를 반복하면서 강화 외성은 근세에까지 유지되었습니다.

조선 영조 때 강화유수였던 김시혁은 토성인 외성을 벽돌을 이용한 전성으로 쌓자고 주장했습니다. 영조 19년인 1743년에 중국 연경의 전성을 모방하여 구운 벽돌로 외성을 쌓았습니다. 벽돌을 이용한 외성의 개축공사는 1744년 7월에 끝났습니다. 그러나 다음 해의 장마 때 성곽의 일부가 무너져 내리자 다시 돌로 성을 쌓았고, 이후 강화 외성은 벽돌을 구워 쌓은 전성과 석성의 혼합된 상태로 남게 되었습니다.

외성의 유지와 보수에는 많은 노력이 들었을 것 같습니다. 정조 3년인 1779년에 강화유수가 왕에게 보고한 내용 중에 이러한 고충이 담겨있는 것을 볼 수 있습니다.

"벽돌로 쌓은 성은 곧 무너져 갑곶 주변의 수 리밖에는 남아 있는 것이 없사옵니다. 그동안 벽돌을 돌로 바꾸어 쌓고 있는데 1년에 3백 보로 한정되어 있습니다. 지금까지 해마다 이렇게 축조했지만 50리 중 겨우 그 절반을 축조했고 옥포의 석성은 또 무너졌사옵니다. 지금의 이 성역은 빙빙 도는 고리와 같아서 민력이 항상 수고롭기만 할 뿐 편할 날이 없습니다."

성을 쌓고 보수하는 공사가 얼마나 힘들고 어려웠으면 왕에게 이런 탄원을 했을까요. 한 곳을 보수하면 또 다른 곳이 무너지고 허물어졌으니, 이는 마치 둥근 원을 빙글빙글 도는 것과 같이 끝이 없는 일이라고 그는 말했습니다. 백성들의 고충이 말할 수 없이 컸음을 이를 통해 알 수 있습니다.

오두돈대 옆에는 구운 벽돌로 쌓은 외성이 일부 남아 있는데 이는 조선 영조 임금 때 쌓은 것입니다. 뒤를 이은 정조는 수원의 화성을 벽돌로 쌓았습니다. 강화 전성을 쌓으면서 축적된 기술력이 바탕이 되어 50년 뒤 수원의 화성을 완성 시킨 것이겠지요.

바닷물이 밀려들어 오고 물러남에 따라 벽돌로 쌓은 전성
도 견디지를 못하고 더러 허물어지고 무너져 내렸습니다. 그
러나 성 위에 뿌리를 내린 나무 덕분에 일부나마 남을 수 있
었습니다. 나무가 자라면서 성의 벽돌들을 품어 버렸습니다.
그래서 오두돈대 옆 전성 구간에 가 보면 돌출된 나무뿌리 속
에 벽돌이 박혀 있는 것을 볼 수 있습니다. 마치 앙코르와트
의 석조유적들처럼 강화의 벽돌로 쌓은 외성도 시간과 함께
나무와 하나가 되어 버렸습니다.

무너지고 허물어져 내리면 다시 쌓고 또 쌓았던 강화 외성
입니다. 그렇게 고려시대부터 조선시대를 거쳐 현재에 이르
기까지 800년 이상을 버티어 왔습니다. 비록 웅대하지는 않지
만 존재 그 자체만으로도 기리고 보존할 가치가 충분합니다.

강화나들길의 2코스인 호국돈대길은 외성을 따라가는 길
이기도 합니다. 출발지인 갑곶돈대에서 종착점인 초지진까지
17킬로미터를 걷는 내내 강화 외성과 더불어 갑니다. 강화외
성은 단순히 강화를 지키는 데 끝나지 않고 나라를 보존하기
위한 방비책이었습니다. 어찌 생각하면 강화는 우리나라를

현대의 외성은 과거처럼 흙이나 돌로 쌓지 않습니다.
강화 북쪽 해안을 따라가며 쳐놓은 철책이
바로 현대의 외성이 아닐까요.

——

지키는 제일선이었고 그 맨 앞에 외성이 있었던 셈입니다.

비록 무너지고 허물어져서 흔적만 남아있는 강화외성이지만 그 시절에는 얼마나 장대했을까요. 또 성을 쌓고 방비하기 위해서 얼마나 많은 노력이 필요했을지 감히 짐작할 수도 없습니다. 역사란 보이지 않는 것과의 대화라고도 하는데, 강화외성을 보면서 옛날을 떠올려 볼 수 있습니다. 바닷물에 쓸려나가면 연구하고 보완해 나가던 옛사람들의 지혜와 수고로움을 외성에서 느낄 수 있습니다.

어찌 생각하면 현재에도 외성을 수리하고 보완하면서 쌓고 있다고 볼 수 있습니다. 현대의 외성은 과거처럼 흙이나 돌로 쌓지 않습니다. 강화 북쪽 해안을 따라가며 쳐놓은 철책이 바로 현대의 외성이 아닐까요. 강화의 북쪽 지역은 북한과 마주보고 있는 곳입니다. 과거에는 강화로 들어오는 동쪽 해안만 지키면 되었지만 지금은 북쪽을 방비해야 합니다. 강화의 동쪽 해안을 따라가며 있던 외성처럼 현대의 외성인 철책은 북쪽을 방위하고 있습니다. 강화도의 외성은 형태만 달리했을 뿐 지금도 여전히 존재합니다.

벌에게서
배우세

아카시아꽃이 활짝 피었던 5월 하순의 어
느 날, 강화 양사면의 평화전망대로 가는 길이었습니다. 남
편의 눈이 자꾸 양사면 철산리의 동네 뒷산으로 갔습니다.

"벌 치는 사람 눈에는 아카시아꽃밖에 안 보여. 저 산에 꽃
이 참 많이 피어 있네."

남편은 활짝 핀 아카시 꽃이 아까운지 자꾸 산 쪽으로 눈길
을 주었습니다.

벌 치는 사람들에게는 아카시 꽃이 필 무렵이 일 년 중에
가장 중요한 때입니다. 아카시 꽃에는 꿀이 많아서 우리나라
에서 생산되는 벌꿀의 약 70%가 아카시 꿀이 차지할 정도입
니다. 만약 날씨 문제 등으로 아카시 꽃이 덜 피기라도 하면

우리나라 벌꿀 생산량에 차질이 생깁니다. 꽃봉오리가 생길 때 갑자기 기온이 떨어져 냉해를 입는다거나 아니면 한창 활짝 피었을 때 비가 오면 아카시 꿀 수확량이 확 떨어집니다. 그러니 비라도 오면 큰일입니다. 비가 오면 벌은 바깥 활동을 하지 않습니다. 또 비를 맞고 꽃이 질 수도 있습니다. 그래서 양봉가들은 일기예보에 신경을 쓰며 아침에 일어나면 하늘부터 살피는 게 일입니다.

아래 지방에서는 아카시 꽃봉오리가 막 나올 무렵에 날씨가 들쑥날쑥해서 꽃이 제대로 피지 못했다고 합니다. 활짝 만개해야 꽃의 꿀샘이 열리는데 그렇지 못하니 아카시 꿀 수확량이 예년의 절반 수준도 되지 않는다고 합니다. 다행히 강화도는 아카시 꽃이 절정일 때 날이 맑고 기온도 높았습니다.

평화전망대는 문이 닫혀 있었습니다. 코로나19가 창궐하면서 사람들이 많이 모이는 공공 시설물들이 문을 닫았습니다. 평화전망대도 문을 닫은 지 꽤 되었습니다. 전망대에 올라 북녘 땅을 바라보려고 왔던 사람들이 아쉬운 발걸음을 돌렸습니다.

전 세계 사람들이 코로나19로 일상이 흐트러진 삶을 살고 있습니다. 강 건너 북녘땅의 사람들은 어찌 살고 있을까

요. 우리처럼 마스크를 쓰고 사회적 거리두기를 실천하고 있
을까요. 설마 마스크가 부족해서 곤란을 겪고 있는 것은 아
니겠지요. 그런저런 생각을 하며 강 건너 북녘땅을 바라보았
습니다. 그곳에도 아카시 꽃이 피었을 것입니다. 북쪽의 벌을
치는 사람도 남쪽의 우리처럼 날마다 하늘을 바라보겠지요.
"비야 비야, 오지 마라. 아카시 꽃이 질라, 비야 오지 마라" 하
면서 마음속으로 빌고 있지는 않을까요.

"황해도 땅이 건너다보이는 이쪽에 벌통을 두면 남쪽 꿀벌
과 북쪽 꿀벌이 만날 수도 있겠네. 그러면 통일 꿀이 생산되
는 거야. 그래, 통일 꿀이네 통일 꿀이야. 남북의 꿀벌이 하나
가 되어 만든 통일 꿀이네."

강 건너 북녘땅을 바라보던 남편이 꿈같은 이야기를 했습
니다. 턱도 없는 소리였지만 듣노라니 설렜습니다. 물론 현실
적으로는 가능하지 않은 이야기입니다. 강화도와 황해도 사
이에 폭이 2킬로미터가 넘는 강이 흐르니 벌은 날아갈 수 없
습니다. 또 설혹 날아갈 수 있다 해도 가까운 곳에 아카시 꽃
이 많은데 뭐 하러 그 먼 곳까지 날아가겠습니까.

꿀벌은 밀원을 찾아 반경 2킬로미터 정도까지 날아간다 합

니다. 어떤 경우에는 4킬로미터 거리도 날아간다고 하니 폭 2킬로미터 내외의 강쯤이야 못 날아갈 일도 아닙니다. 그러니 남과 북의 꿀벌이 아카시 꽃을 찾아 오간다고 상상해 봅니다.

남과 북의 꿀벌이 만나 통일 꿀을 만든다는 꿈같은 이야기를 듣노라니 문득 시 한 편이 떠올랐습니다. 신경림 시인이 쓴 〈끊어진 철길〉이란 시입니다.

끊어진 철길이 동네 앞을 지나고
'금강산 가는 길'이라는 푯말이 붙은
민통선 안 양지리에 사는 농사군 이철웅 씨는
틈틈이 남방한계선 근처까지 가서
나무에서 자연꿀 따는 것이 사는 재미다
사이다병이나 맥주병에 넣어두었다가
네댓 병 모이면 서울로 가지고 올라간다
그는 친지들에게 꿀을 나누어주며 말한다
"이게 남쪽벌 북쪽벌 함께 만든 꿀일세
벌한테서 배우세 벌한테서 본뜨세"

(아래 생략)

벌들은 남과 북을 구분하지 않고
꽃을 찾아 자유롭게 넘나듭니다.
남쪽의 꽃이 다르고 북쪽의 꽃이 또 다를까요.
같은 땅에서 나는 같은 꽃이고 또 꿀입니다.
벌에게서 배워야 합니다. 벌을 보고 본떠야 합니다.

벌들의 세계에 남이 있으며 북이 또 있을까요. 민통선 마을에 피는 꽃들도 마찬가지입니다. 바람을 타고 꽃씨들이 날아가고 날아올 것입니다. 벌들은 남과 북을 구분하지 않고 꽃을 찾아 자유롭게 넘나듭니다. 남쪽의 꽃이 다르고 북쪽의 꽃이 또 다를까요. 같은 땅에서 나는 같은 꽃이고 또 꿀입니다. 벌에게서 배워야 합니다. 벌을 보고 본떠야 합니다. "이보게, 벌에게서 배우세, 벌을 본뜨세. 싸우지 말고 함께 사세."

남쪽의 꿀벌과 북쪽의 꿀벌이 만나 함께 달콤한 꿀을 만들듯이 사람들도 그렇게 살 수는 없는 걸까요. 이념이 어떻고 조건이 어떻고 할 것 없이, 좋은 게 생기면 나눠주고 싶은 그 고운 마음처럼 한 민족 한 겨레 순수한 마음으로 서로 보듬고 안아주면 안 될까요.

강화 양사면의 산에는 아카시 꽃이 활짝 피었다가 졌습니다. 잉잉대며 꿀을 따던 벌들의 노래도 사라졌습니다. 이제 그 자리에 또 다른 꽃이 피었습니다. 밤나무 꽃향기가 비릿하게 전해져 옵니다.

북한을 여행한다면,
어디를 가보고 싶으세요?

올해 초 오랫동안 통일운동을 해온 분이 사람들에게 물었습니다. "만약 북한을 가볼 수 있다면, 어디를 가고 싶으세요?"하고 묻자 다양한 대답들이 나왔습니다. 평양이나 금강산 또는 개마고원 등을 가보고 싶다는 의견이 많았습니다. 그중에는 중국이 아닌 북한 쪽에서 백두산을 올라가 보고 싶다는 사람도 있었습니다. 선친의 고향인 평안북도 강계군을 꼭 가보고 싶다고 말한 이는 강계 사람들의 기백을 자랑스럽게 말했습니다.

북쪽 땅 어디를 가보고 싶으냐는 질문을 받고 저는 잠시 생각해봤습니다. 저 역시 평양과 개마고원을 떠올렸습니다. 그러나 그냥 그렇다는 것이지 꼭 가보고 싶다는 생각으로 한 말은 아니었습니다. 북한의 명승지도 또 지명도 잘 알지 못합니다. 기껏해야 아는 지명이라고는 평양이나 원산, 신의주 등등이 전부이고 명승지 역시 그와 엇비슷하게 알 뿐입니다. 문득 생각해보니 북한에 대해서 몰라도 너무 모른다는 생각이 들었습니다. 북에는 해발고도가 2천 미터 넘는 산도 꽤 많다고 하던데 아는 산이라고 해봐야 백두산과 금강산 그리고 묘향산 등이 전부입니다. 평양이나 개마고원 등을 말했던 이들도 아마 저와 비슷할 것 같습니다. 아는 게 있어야 가보고 싶은 곳도 있을 텐데, 우리 모두는 북에 대해 아는 게 없었습니다. 그러니 다들 익히 아는 지명만 말했을 것 같습니다.

북을 자유롭게 여행할 수 있다면 저는 개성에 가보고 싶습니다. 《엄마의 말뚝》을 쓴 작가 박완서의 고향을 가보고 싶습니다. 작가의 고향 마을인 '박적골'에 가서 여덟 살 어린 시절의 작가를 만나고 싶습니다. 작가가 말한 '농바위고개'에 올라 은빛으로 빛나는 개성 시내를 굽어보고도 싶습니다. 그러나 그뿐, 제 상상은 더 나아가지 않습니다. 개성에 대해 아는 게 없으니 상상할 수도 없습니다.

박완서 선생의 고향은 개성 시내에서 남쪽으로 8킬로미터

가량 떨어진 개풍군 청교면 묵송리의 한 작은 마을입니다. 개
풍군은 분단 전에는 38선 이남이라서 남쪽에 속했습니다. 그
러나 분단으로 북쪽 땅이 되어 버렸고, 지금은 개성직할시 개
풍군에 속해 있습니다.

《그 많던 싱아는 누가 다 먹었을까》에서 작가가 그린 박적
골의 자연 묘사는 지금 읽어도 봄빛 같습니다. 능선이 부드러
운 동산이 두 팔을 벌려 얼싸안은 듯한 동네는 앞이 탁 트이
고 벌이 넓었습니다. 벌 한가운데는 개울이 흘렀습니다. 정지
용 시인이 노래한 것처럼 '옛이야기 지줄대는 실개천'은 동
네 아무 데나 있었습니다. 그런 동네에서 작가는 어린 시절을
보냈습니다. 그 동네는 지금도 그대로일까요?

하늘이 맑고 푸른 날이면 먼 곳도 깨끗하게 잘 보입니다.
그런 날 강화도 최북단 마을인 양사면에 가면 황해도 개풍군
은 물론이고 멀리 개성의 송악산까지 다 보입니다. 송악산은
개성시와 개풍군의 경계에 있는 산으로 산 전체가 주로 화강
암의 큰 바위로 되어 있어 멀리서 봐도 희끗합니다.

문득 이런 생각이 듭니다. 강화에서 송악산이 보이는 것처
럼 개풍군에서도 강화도의 산과 들이 보일 겁니다. 혹시 마니

산은 보이지 않을까요? 중첩되어 보이는 산 속에서 마니산을 찾아볼 것도 같습니다.

개성을 가보고 싶다고 했지만 저는 개성보다 개풍군이 궁금합니다. 개풍군은 조강을 경계로 인천광역시 강화군과 접해 있습니다. 강화군 양사면에서 건너다보이는 곳이 바로 개풍군입니다. 그곳에서 강화도를 건너다보고 싶습니다. 강화도에서 개풍군을 쳐다보는 것처럼 개풍군에서 강화도를 바라보고 싶습니다.

봄이면 강화의 들은 호수로 변합니다. 모내기를 앞둔 논에는 물이 넘실댑니다. 이른 아침이면 물안개가 피어오릅니다. 산 그림자가 비칠 때면 논은 더 깊어집니다. 그런 날이면 마음이 괜히 부풀어 오릅니다. 강화도가 그렇듯이 북쪽의 개풍군 역시 마찬가지겠지요. 물안개 피어오르는 개풍군의 논둑길을 걸어보고 싶습니다. 산 그림자가 깊숙하게 논에 들어앉으면 집으로 돌아와야겠지요. 나른하면서도 포근한 봄날의 한때가 그렇게 흘러갑니다.

조강을 가운데 두고 강화도와 개풍군은 마주 보고 있습니다. 모르긴 몰라도 강화도와 개성은 닮은 게 많을 것 같습니

조강을 가운데 두고 강화도와 개풍군은
마주 보고 있습니다.
모르긴 몰라도 강화도와 개성은
닮은 게 많을 것 같습니다.
즐겨 먹는 음식도 비슷하고 말씨 역시 그럴 것 같습니다.

——

다. 즐겨 먹는 음식도 비슷하고 말씨 역시 그럴 것 같습니다. 살아가는 모습 역시 마찬가지일 것입니다. 바지런하고 깔끔한 여인네들의 성정 또한 같을 것 같습니다.

강화도가 고향인 소설가 구효서 씨는 개풍군이 고향인 박완서 선생에 대해 이렇게 기억했습니다. "선생님의 고향이 황해도 개풍이잖아요. 남한에서 개풍이 가장 잘 보이는 데가 강화도예요. 북쪽 땅이 보이는 연미정에 선생님을 모시고 몇 번 갔습니다. 호박김치, 민물게장 이런 강화 음식을 좋아하셨는데 이게 사실 황해도 음식이에요. 《미망》 같은 작품에 보면 '~시다, ~시꺄' 같은 종결어미가 나와요. 강화 지역 사투리로 알려졌지만 사실 개풍 지역 방언이에요." 구효서 작가는 박완서 선생이 말씀하실 때 억양이 본인의 어머니랑 같아서 가깝게 느껴졌다고 했습니다.

강화도 여인들은 꽃 가꾸기를 좋아합니다. 집 안의 마당과 뒤꼍은 물론이고 집 밖의 담장 아래나 골목길에도 꽃나무를 심고 꽃씨를 뿌립니다. 심지어 밭 가에도 꽃을 심습니다. 개성 사람들 역시 마찬가지인가 봅니다. 박완서 작가가 기억하는 개성 사람들의 남다른 집치레 중에는 화초 가꾸기가 있습니다. 집집마다 뒤란에는 온통 꽃나무와 씨 뿌리지 않아도 저절로 나는 한해살이 꽃들로 뒤덮여 있었다고 합니다.

그만그만한 꽃들이 피어있을 개풍군의 시골 동네를 걸어보고 싶습니다. 골목길을 따라 걷노라면 낯선 이의 등장을 궁금해하며 대문 밖으로 나올 할머니들도 있을 겁니다. 그 할머니들에게 친근하게 말을 붙이면 대개 반색을 하며 말을 받아줄 것 같습니다. 강화도의 할머니들이 그렇듯 개풍군의 할머니들 역시 반갑게 길손을 반겨줄 것입니다.

강화도의 들판은 지금 황금빛으로 물들어 갑니다. 개풍군의 들판 역시 마찬가지일 것입니다. 이쪽이 모내기철이면 그쪽에서도 모내기를 했습니다. 여름이면 벼 잎은 기세등등했습니다. 그쪽의 벼 잎도 기세등등했을 겁니다. 누렇게 익어가는 가을 들판 역시 남과 북이 똑같습니다. 농사를 짓고 거두어 자식을 키우고 부모를 봉양하는 우리 민족의 아름다운 삶은 이곳도 또 그곳도 마찬가지일 것입니다.

강화도와 개풍군 사이의 거리는 불과 2킬로미터 내외밖에 되지 않습니다. 토목건축 기술이 발달한 우리나라 실력으로 그 정도 넓이의 강에 다리를 놓는 것은 아무 문제도 안 될 겁니다. 그보다 더 조건이 어려운 곳에도 다리를 놓아 연결하는데 그 정도 거리야 말해 무엇 하겠습니까.

다리만 놓이면 개풍군은 이웃 마을이 됩니다. 개성까지도한달음에 달려갈 수 있습니다. 그때, 다리를 건너 개풍군으로 나들이를 갈 겁니다. 배낭에 물과 약간의 간식을 넣고 길을 나설 겁니다. 부디 더 나이가 들기 전에, 내가 더 늙기 전에 개성으로 가는 길이 열리기를 빕니다. 내 두 다리로 씩씩하게걷고 싶습니다.

볼음도와 황해도의
암수 은행나무

       우리는 지금 강화도 외포리 연안여객 선착장에 와있습니다. 하루에 두 번 있는 볼음도행 배를 타기 위해 기다리고 있습니다. 섬으로 들어갈 사람들이 두런두런 이야기를 나누며 승선표를 작성합니다. 남편과 나도 그 옆에서 승선표를 적습니다. 연락처를 기입하고 어디 사는 누구인지, 또 어디에 갔다가 언제 돌아올 건지 등을 적으며 오늘 함께 나들길을 걸을 사람들을 기다립니다.

    강화도 외포리 선착장에서 배를 타고 한 시간여 가면 볼음도가 있습니다. 볼음도는 강화도에서 서쪽으로 약 7킬로미터 정도 떨어져 있는 섬으로 그 옆에 있는 주문도, 아차도, 말도와 함께 묶어서 강화군 서도면에 속해 있습니다. 현재 이

섬에는 약 140가구 250여 명이 살고 있으며, 섬의 면적은 6.36km²로 여의도의 두 배 정도 크기입니다.

볼음도는 섬이지만 어업에 종사하는 사람보다 농사를 짓는 사람이 더 많습니다. 주로 생산되는 작물은 쌀인데, 화학비료를 쓰지 않고 우렁이를 이용한 친환경 농법으로 벼농사를 짓습니다. 밥맛 좋기로 소문난 '강화섬쌀'이 강화도에 있다면 그보다 더 좋다고 알려진 '교동쌀'이 강화도 옆 교동도에 있습니다. 볼음도쌀은 이 두 섬의 쌀보다 더 귀한 대접을 받습니다. 청정농업지역에서 생산된 쌀이기 때문입니다.

우리는 오늘 볼음도의 길을 걷기 위해 모였습니다. 강화나들길 13코스인 '볼음도길'은 볼음도 선착장에서 출발해 물엄곳을 지나 조개골해변과 영뜰해변을 거칩니다. 쑥쑥 나아가던 길은 야트막한 요옥산의 자락길을 걸어 안말안마을의 은행나무까지 갑니다. 이후 갯논뜰과 당아래마을을 거쳐 볼음도 선착장으로 돌아가는 총 13.6킬로미터의 길입니다. 이 길은 넓은 갯벌과 백사장도 만날 수 있고 또 숲길, 들길, 바닷가 둑길도 두루 걸을 수 있어 도보여행의 참맛을 느낄 수 있습니다.

하루에 두 번 있는 배를 타기 위해서는 부지런히 서둘러야 합니다. 볼음도로 가는 배는 오전에 한 번 오후에 한 번, 이렇게 하루에 두 번만 운행합니다. 만약 오전 9시 10분에 출항하는 배를 놓쳐버리면 오후 4시까지 기다려야 다음 배가 있습니다. 오후 배를 탈 경우 강화도로 돌아오는 배가 없어 하룻밤을 볼음도에서 자야 합니다. 그러니 볼음도 길을 걷고 그날 안으로 강화도로 돌아오기 위해서는 오전 배를 타야 합니다.

볼음도 북쪽 바닷가 마을에는 큰 은행나무가 한 그루 있습니다. 나무 밑둥치의 둘레가 거의 10미터에 육박하고 키는 24.5미터나 되는 큰 나무입니다. 이 나무는 천연기념물 304호로 지정이 되어 보호를 받고 있지만 그보다는 전해 내려오는 이야기로 더 유명한 나무입니다.

아주 옛날, 800년도 더 전에 큰 홍수가 났습니다. 얼마나 비가 많이 왔으면, 나무가 뿌리째 뽑혀서 떠내려왔을 정도였습니다. 그때 황해도 연안군에서 은행나무 한 그루가 떠내려왔습니다. 볼음도 바닷가에 안착을 한 그 은행나무는 이후 마을의 당산나무가 되었습니다.

은행나무는 암수가 서로 마주 보고 있어야 열매가 달린다고 합니다. 볼음도 은행나무의 짝 나무는 황해도 연안군 호남

———

6.25전쟁 이전까지만 해도 해마다 음력 정월 그믐날에
마을의 평안과 풍어를 비는 당산제를
두 마을에서 각각 지냈다고 합니다.
헤어져 지내던 두 나무는 그렇게
일 년에 한 번 만날 수 있었던 것입니다.

리에 있습니다. 볼음도 은행나무가 수나무이고 연안군의 나무는 암나무입니다. 사람들은 두 나무를 부부 나무로 보고 한 날 한 시에 당제를 지냈습니다. 서로 떨어져 있지만 하나로 본 것입니다. 그렇게 해서 두 나무는 명목상으로나마 만날 수 있었습니다.

6.25전쟁 이전까지만 해도 해마다 음력 정월 그믐날에 마을의 평안과 풍어를 비는 당산제를 두 마을에서 각각 지냈다고 합니다. 헤어져 지내던 두 나무는 그렇게 일 년에 한 번 만날 수 있었던 것입니다. 수백 년을 이어오던 이 풍어제는 6·25전쟁 이후 두 지역이 남북으로 갈리면서 중단됐습니다. 그래서 그런지 이후 볼음도의 은행나무는 점차 기운을 잃고 시들어 갔습니다. 볼음도의 주민들은 황해도 연안에 사는 암나무의 안부를 알 길이 없어지자 수나무가 죽어가는 거라 생각했습니다. 그러다 1980년대 들어 은행나무 근처에 저수지가 만들어져 해수가 차단되자 볼음도 은행나무는 다시 기운을 차렸습니다. 들리는 풍문에는 북한의 암 은행나무도 합동 풍어제가 중단된 후 시름시름 앓았다고 합니다. 두 나무는 바다를 가운데 두고 서로 떨어져 있지만 하나로 연결이 되어 있

나 봅니다. 황해도 연안군 호남리의 은행나무도 북한의 천연
기념물 165호로 지정되어 보호받고 있습니다.

배를 탄 지 한 시간 조금 지나 볼음도에 도착했습니다. 이
배는 볼음도를 거쳐 아차도에서 잠깐 머문 뒤 주문도로 갑니
다. 볼음도에서 내릴 사람들이 서둘러 짐을 챙겨 배에서 내립
니다. 우리도 배낭을 메고 그 뒤를 따릅니다.

선착장에서 은행나무가 있는 안말까지는 4킬로미터 정도
거리입니다. 하지만 우리는 빠른 길을 놔두고 일부러 돌고 돌
아가는 길을 택합니다. 볼음도의 이곳저곳을 걸어보고 싶어
서입니다.

조개가 많이 난다고 해서 '조개골'이라 이름이 붙은 바닷
가도 지나갑니다. 물이 빠진 바다는 드넓은 갯벌입니다. 끝을
알 수 없을 정도로 넓은 갯벌로 경운기 한 대가 들어가고 있
습니다. 갯벌은 발이 푹푹 빠질 정도로 흙이 무른데도 경운기
는 아무 일 없이 앞으로 나아갑니다. 갯벌에도 나름의 길이
있나 봅니다. 조개를 캐는 사람들을 태운 경운기가 탈탈탈 소
리를 내며 갯벌 저 안으로 들어갑니다.

볼음도의 갯벌에서는 국제보호 희귀종인 저어새를 만날

수도 있습니다. 저어새는 우리나라 서해안에서 번식하는 세
계적인 멸종위기종입니다. 2010년 기준으로 전 세계에 약
2,400여 마리만 서식하고 있을 정도로 희귀종입니다. 저어새
는 주걱처럼 생긴 부리를 물속에 넣고 좌우로 저으면서 먹이
를 찾습니다. 그 모습이 꼭 뱃사공이 노를 젓는 모습과 비슷
하다고 해서 영어 이름도 '검은색 얼굴을 가진 숟가락 부리'
라는 의미의 'black-faced spoonbill'입니다.

　바닷가의 소나무 숲길도 걷습니다. 바닷바람을 막아주는
해송 숲이 길게 이어집니다. 소나무 숲길은 더없이 청량합니
다. 사람들은 힘껏 숨을 들이마십니다. 폐부 가득 맑은 공기
가 들어갑니다. 일상에 치여 바쁘게 살던 사람들이 이곳 볼음
도 숲길에서는 느긋해집니다. 진정한 '섬'을 누립니다.

　바닷가 둑길을 걷고 산길, 들길도 걸어 드디어 은행나무가
보이는 곳까지 왔습니다. 멀리서 봐도 나무의 위용이 당당합
니다. 지금은 둑을 막아 바닷물이 들어오지 못하지만 예전에
는 은행나무 근처까지 바닷물이 들어왔을 것 같습니다. 은행
나무를 본 지인이 엎드려 절을 올립니다. 하늘과 땅 그리고
바다의 기운까지 모두 담은 나무에 바치는 경배입니다.

당산제를 통해 만났던 두 은행나무입니다. 그러나 지금은 만날 수 없습니다. 은하수를 경계로 헤어져 있는 견우와 직녀도 칠월 칠석날에는 만나는데 이 두 은행나무는 만나지 못합니다. 견우직녀가 은하수를 건널 수 있게 도와주던 오작교가 두 은행나무에게는 이제 없기 때문입니다.

볼음도와 황해도 연안군은 5.5킬로미터 정도 떨어져 있습니다. 둘 사이의 바다는 지금 어로작업을 할 수 없는 금단의 구역입니다. 분단의 벽이 바다에 가로놓여 있습니다. 바다로 나가는 길이 막혀 버리자 점차 풍어제도 사라졌습니다. 두 은행나무의 오작교 역할을 해주던 풍어제였는데 분단은 그마저도 삼켜 버렸습니다.

볼음도 은행나무는 바닷가 야트막한 언덕의 들머리에 서 있습니다. 바람이 세차게 불 때면 나무도 바람에 응해 '웅웅' 소리를 냅니다. 마치 북에 두고 온 아내를 그리는 울부짖음처럼 들립니다. 나무는 바람에 맞서 온몸으로 소리칩니다. '아내여, 나는 잘 있다오. 그대도 평안하길 비오'라고 말하는 듯합니다. 볼음도의 은행나무에서 이산가족의 아픔을 느낍니다. 그들의 그리움을 봅니다.

  여름의 긴 장마를 견뎌내느라 볼음도 은행나무는 힘이 들
었나 봅니다. 태풍이 불어올 때면 그 바람 앞에 당당히 맞서
느라 또 얼마나 애썼을까요. 노랗게 물이 들려면 아직 더 있
어야 하는데도 은행나무는 잎이 떨어져 가지가 다 드러났습
니다. 어쩌면 바다 건너 아내를 그리는 '사부곡思婦曲'을 온몸
으로 부르노라 그랬을 것도 같습니다. 그 곁에 서니 은행나무
의 안타까운 외침이 들리는 듯했습니다.

  가을빛에 익어가는 볼음도를 더 누리기 위해 하룻밤을 볼
음도에서 잤습니다. 밤의 볼음도는 고요했습니다. 초엿새 초
승달이 하늘에 떠 있었습니다. 바다 건너 연안군에도 초승달
이 하늘에 떠 있을 것입니다. 달이 가득 차오르면 추석입니
다. 추석에는 그곳에서도 온 가족이 다 모여 차례를 지내겠지
요. 어쩌면 그곳 역시 우리와 마찬가지로 코로나로 고향 찾기
를 잠시 쉬는 건 아닐까요. 다가오는 추석에는 남북의 모든
사람이 편안하고 넉넉했으면 좋겠습니다.

경
계

없
이

피
는

꽃

3부 —————————— 벗

함경도 온성 사람
영실 씨

"저, 친구를 찾으려고 하는데요……."

빨간색 점퍼를 입은 젊은 여자가 통일축전의 '친구 찾기' 부스를 찾아왔습니다. 함경도 온성이 고향이라는 그녀는 량강도兩江道 혜산시 출신의 성옥 씨를 찾고 있었습니다. 량강도도 또 온성도 다 생소한 지명입니다. 두만강과 백두산을 끼고 있는 그곳은 북한 땅이고, 그녀들은 북쪽에서 내려온 새터민들이었습니다.

함경북도 온성군의 담배농장에서 일했던 영실 씨는 그곳의 신발공장에 다녔던 친구를 만나고 싶어 했습니다. 남쪽으로 내려왔다는 이야기는 들었는데 지금은 어디에 있는지 알 길이 없다고 하며 혹시 이곳에서 친구의 소식을 들을 수 있을

지도 모르겠다며 눈을 빛냈습니다. 그 말을 들은 친구 찾기 담당자가 책임감이 드는지 의자를 바짝 당겨 앉았습니다.

함경북도 온성은 두만강을 경계로 중국과 마주하고 있습니다. 그래서 바깥세상 소식을 다른 지역보다는 더 쉽게 접할 수 있을 겁니다. 성옥 씨의 고향인 량강도 혜산 역시 백두산과 가까운 곳이라 국경을 넘기가 수월할 것입니다. 그래서 이 두 지역에서 온 탈북자들이 많다고 합니다. 그래도 그렇지, 타국이나 마찬가지인 남한 땅에서 연락처도 잘 모르는 고향 친구를 무슨 수로 만날 수 있을 것인가요. 그러나 또 한편으로는 영실 씨가 친구를 찾는 것을 보니 낯선 남한 땅에 잘 적응을 했구나 하는 안도감도 들었습니다.

추석을 앞두고 서울 양강중학교 운동장에서 '통일체육축전'이 열렸습니다. 사단법인 '좋은벗들'에서 주최한 이 행사는 2003년에 시작되어 지금까지 이어져 오고 있습니다. 탈북 새터민과 그들을 돕는 자원봉사자들의 한마당 축제인 이 행사에는 약 천여 명의 사람들이 참가하여 잔치를 즐깁니다. 매번 다음 해에는 새터민들의 고향에서 축전이 열릴 수 있기를 기원하지만 그 바람은 늘 그다음 해로 넘어가곤 합니다.

현재 남한으로 온 탈북민은 약 4만 명에 이릅니다. 전국 각
지에 흩어져 살고 있는 그이들이 한 자리에 모일 수 있는 기
회는 흔치 않을 것입니다. 설이나 추석 같은 명절 때면 또 얼
마나 고향이 그리울까요. 그러니 혹시라도 고향 사람들을 만
날 수 있지 않을까 하는 마음에 통일축전에 왔을 것입니다.
함경도 온성 사람 영실 씨 역시 마찬가지였습니다.

운동장에는 만국기가 펄럭이고 있습니다. 벌써 마음이 들
썩이는지 운동장으로 들어서는 사람들의 발걸음이 가볍습니
다. 운동장을 빙 둘러가며 쳐 있는 차일 아래 하나둘 사람들
이 모이기 시작합니다. '백두'와 '한라' 그리고 '평화'와 '통
일'로 나누어져 있는 각 응원단에는 뜨거운 기운들이 넘쳐 오
릅니다. 남한과 북한 출신 사람들이 하나가 되어 푸른 가을
하늘 아래 공을 굴리고 줄다리기도 하며 한마음 한뜻으로 어
울려 놉니다.

그런데 참 이상합니다. 분명 새터민들이 많이 온다고 했는
데, 누가 탈북한 사람인지 또 누가 남한 사람인지 통 알 수가
없습니다. 운동장에 있는 사람들이 다 비슷비슷해 보입니다.
그도 그럴 수밖에 없는 것이, 우리는 한 핏줄 한 형제이니 어

———

그런데 참 이상합니다. 분명 새터민들이
많이 온다고 했는데, 누가 탈북한 사람인지
또 누가 남한 사람인지 통 알 수가 없습니다.
운동장에 있는 사람들이 다 비슷비슷해 보입니다.

찌 다르겠습니까. 피부색도 같고 머리카락 색깔도 같습니다. 키며 체형이며 먹는 음식까지 같으니 구분을 할 수가 없습니다. 게다가 말도 같으니 한데 섞여 있으면 누가 누군지 구분이 안 갑니다. 새삼 우리가 한 핏줄임을 절감했습니다.

운동장에서는 바야흐로 놀이판이 벌어졌습니다. 체육대회의 꽃이라 할 수 있는 줄 당기기를 합니다. "으샤 으샤" 구령에 맞춰 줄을 당깁니다. 팽팽하게 서로 대치합니다. 그러다 미세하게 힘의 균열이 생기나 싶더니 한순간에 무너집니다. 끌려가지 않으려고 안간힘을 써보지만 역부족입니다. 승패가 갈렸습니다. 이긴 쪽의 환성과 진 쪽의 탄성이 와자합니다. 운동장에는 먼지가 뽀얗게 피어올랐습니다. 사람들의 웃음소리도 함께 퍼져나갔습니다.

장터마당을 구경하러 가봤습니다. 옷이며 신발이며, 가방에 장난감에 책까지 없는 게 없습니다. 그릇이며 냄비 같은 살림살이들도 많습니다. 모두 새것이나 다름없습니다. '나누는 기쁨, 비우는 행복'이라는 이름의 이 '나비장터'는 판매 수익금을 남북화해와 협력, 평화통일을 앞당기는 데 씁니다. 가격도 매우 싸서 마음껏 골라도 부담이 안 됩니다.

새터민들이 물건을 고르고 있습니다. 딸아이를 위해 지구본을 사주는 아빠도 보입니다. 아들에게 줄 장난감 자동차를 고른 엄마는 못내 흐뭇한지 또 보고 또 들여다봅니다. 겨울 외투를 만지작거리는 여인에게 옆에 있던 사람이 부추깁니다. "가볍고 따뜻해 보이네요. 한번 입어 보세요." 옷을 만지작거리던 여인이 그 말을 듣고 걸쳐봅니다. 옷이 몸에 딱 맞습니다. 기분이 좋아진 여인이 지갑에서 돈을 꺼내 판매자에게 건넵니다.

운동회가 끝나고 노래자랑이 벌어졌습니다. 마이크를 쥐자 가수가 따로 없습니다. 노래들을 어쩌면 그렇게 들 잘 부를까요. 옛날부터 우리 민족은 춤추고 노래 부르며 놀기를 좋아했다고 하더니 그 피가 그대로 이어져 내려왔나 봅니다. 남북한 출신 사람 모두 노래를 정말 잘 부릅니다.

장마당 한쪽에는 북한 음식들을 맛볼 수 있는 곳이 있었습니다. '두부 밥'은 들어봤지만 '평평이떡'과 '인조고기'는 또 어떤 음식일까요. 궁금증에 들여다봤더니 두 여인이 손에 묻은 양념까지 쪽쪽 빨아가면서 맛있게 음식을 먹고 있었습니다.

"그렇게 맛있어요? 나도 맛 좀 볼까요?"

그러자 여인들이 맛을 보라면서 자리를 내줍니다. 나도 따라서 한 개를 집어 들었습니다. 고추기름 양념이 발갛게 묻은 그 음식은 한눈에 봐도 매워 보입니다.

"이거, 맵지 않아요? 무엇으로 만든 음식이에요?"

호기심에 이것저것 물어보자 음식 먹기에 바쁜 그녀들이 그럽니다.

"아유, 말 시키지 마세요. 먹느라 바빠 답할 시간 없어요."

오랜만에 고향 음식을 만난 그녀들은 먹기에 바쁩니다. 맵지도 않은지 잘도 먹습니다.

하도 맛있게 먹어서 지켜보는 우리까지 입맛이 돌았습니다. 우리에겐 익숙하지 않은 그 음식은 북한에서는 꽤 인기 있나 봅니다. 콩으로 만든 그 음식의 이름은 '인조고기'였습니다. 고기가 귀했던 1990년대 '고난의 행군' 시기에 북한에서 콩 단백을 이용하여 만들어 먹기 시작한 음식입니다.

북한에는 콩이 많이 나는지 콩을 이용한 음식도 많습니다. 북한 장마당의 인기 메뉴인 '두부 밥'도, 오늘 이 여인들이 정신없이 먹었던 인조고기도 다 콩으로 만든 것입니다. 모두 남쪽의 우리들에겐 생소한 이름입니다.

어느 정도 고향 음식에 대한 갈증을 채웠는지 그 여인들은 다른 매장으로 발길을 옮겼습니다. 옷도 입어보고 가방도 들어봅니다. 정답게 걸어가는 두 사람을 보니 고향 친구를 찾던 영실 씨는 어찌 되었나 궁금해졌습니다. 그이는 친구를 만났을까요? 아니면 친구의 소식이라도 들었을까요?

함경도 온성과 량강도 혜산에서 온 영실 씨와 성옥 씨가 서로 만날 수 있었으면 좋겠습니다. 아마도 곧 그렇게 될 것이라 믿습니다. 왜냐하면 '통일축전'은 전국에 있는 새터민들이 모이는 큰 규모의 행사이니, 친구의 소식이라도 들을 수 있을 겁니다. 그렇게 되기를 빌면서 운동장을 빠져 나오는데 내년을 기약하며 아쉬운 발길을 돌리는 새터민들의 모습이 보였습니다. 오랜만에 고향 사람을 만나 즐거웠는지 얼굴들이 환합니다. 다가올 추석에는 그분들 모두 외롭지 않을 것 같습니다.

꿀벌로 연결된
량강도 동생

시월 초사흗날 아침에 마니산에 갔습니다. 이 날은 개천절이라 그런지 마니산을 찾는 사람들이 많았습니다. 주차장에는 벌써 차들이 꽉 차 있었고, 색색의 등산복을 입은 사람들이 무리를 지어 매표소 앞에 서 있습니다. 강화도 사람인 우리는 표를 끊지 않아도 됩니다. 이럴 때는 강화도 사람인 것이 괜히 좋습니다.

매표소를 지나 산을 오릅니다. 아스콘 포장을 한 도로가 끝나자 흙길이 나타납니다. 드디어 본격적인 산행이 시작됩니다. 중간 참에서 좀 쉬었습니다. 물도 마시고 과자도 하나 먹었습니다. 참성단까지는 아직 한참 더 올라가야 하지만 여기서 보는 경치도 좋습니다.

한참을 올라 참성단에 도착했습니다. 산 입구에서 참성단까지 근 두 시간이 걸렸습니다. 쉬엄쉬엄 오르느라 시간이 많이 들었습니다.

마니산의 꼭대기에는 참성단^{사적 136호}이 있습니다. 참성단은 하늘에 제사를 지내는 제천 의식이 거행된 곳으로 단군이 쌓았다는 전설이 내려옵니다. 제단은 자연석으로 둥글게 쌓았는데, 하늘을 뜻하는 하단과 땅을 상징하는 네모난 상단으로 구성돼 있습니다. 지금도 해마다 개천절^{10월 3일}이면 제천 행사가 거행되며 전국 체전의 성화는 이곳에서 태양열을 이용해 밝히고 있습니다.

오늘은 하늘이 열린 날입니다. 조상님들이 하늘에 제사를 드렸던 것처럼 지금도 하늘과 조상에게 감사 기도를 올리는 사람들이 있습니다. 우리 민족을 있게 해준 하늘과 천신을 기억하며 오늘의 우리를 있게 해준 조상님들에게 정성 들여 절을 합니다. 또한 우리가 살고 있는 이 한반도에 평화가 찾아오길 빕니다. 남과 북이 서로 반목하고 백안시하는 것을 버리고 화해하고 협력하기를 간절히 바랍니다. 더 나아가 우리 민족이 우리만의 문제에 머무르지 않고 인류 발전에 기여할 수 있기를 기원합니다.

천제를 지내고 마니산을 내려오는 길이었습니다. 어린 딸 아이를 등에 업고 앞에 걸어가는 남자의 투박한 손이 눈에 들어왔습니다. 그 손은 부지런히 몸을 놀려 살아왔을 그의 이력을 보여주는 듯했습니다. 더구나 그 사람은 북에서 내려온 사람이었습니다. 그 사람에게서 내 동생이 보였습니다. 애써 몸을 놀려 밥벌이를 하는 내 동생의 손도 그렇게 투박하고 험합니다.

"다치지 말고, 몸조심하세요. 그저 몸조심하며 사세요."

그의 손을 보며 이렇게 말하니 아이 아빠가 수줍은 듯 어쩔 줄 몰라합니다. 그런 그가 내 동생 같았습니다. 나이를 물어보니 내 동생과 같습니다. 그래서 농담 삼아 "량강도 동생"하며 불러 보았습니다. 고향이 북한의 량강도라는 말을 들었기 때문에 그렇게 불렀습니다. 아이 아빠는 쑥스러워 했지만 기분이 좋은지 빙그레 웃었습니다. 같이 있던 일행들이 "누나 생겼네요. 누나라고 불러보세요." 하며 부추겼습니다. 그러자 못내 수줍어하던 아이 아빠가 "누나" 하고 저에게 답했습니다.

량강도가 고향인 동생이 생겼습니다. 그냥 헤어지기에는

———

북한은 남한보다 더 추운데다
더군다나 량강도는 한반도 최북단입니다.
그러니 벌을 월동시키기 위해서는
단단히 준비해야 할 겁니다. 량강도에서는
땅을 파고 벌통을 묻어 두었다고 합니다.

아쉽습니다. 우리 집은 마니산 근처에 있으니, 다들 같이 가서 차 한잔하고 가라고 청했습니다.

우리 집에는 벌통이 여러 통 있습니다. 남편이 취미 삼아 치는 벌들입니다. 담배를 피우러 밖에 나갔던 량강도 동생이 벌통을 본 모양입니다. 문을 열고 안으로 들어서면서 벌 이야기를 합니다.

"우리 집에서는 할아버지 때부터 벌을 키웠어요. 아버지도 양봉을 했어요. 벌은 말이에요…….."

남한 사람들 속에 섞여서 쭈뼛대던 사람이 벌 이야기를 하면서 당당해졌습니다. 어릴 때부터 벌 치는 것을 보며 자랐으니 벌에 대해서는 잘 알 것입니다. 게다가 고향 이야기도 얹어서 하니 얼마나 신이 나고 재미가 있겠습니까.

북한에서는 사유재산이 인정되지 않지만 벌을 쳐서 얻는 벌꿀은 개인의 재산으로 인정된다고 합니다. 그러나 양봉 장비가 열악해서 한 사람이 관리할 수 있는 벌통이 얼마 되지 않는다고 하였습니다. 제 남편은 북한의 벌 치는 방법이 궁금한지 량강도 동생에게 이것저것 묻습니다.

토종벌은 사람이 돌보지 않아도 자연 상태에서 겨울을 나지만 수입종인 양봉洋蜂의 경우는 그냥 두면 얼어 죽습니다. 그래서 보온재를 이용해서 덮어주거나 감싸서 추위를 막아 줍니다. 지금은 스티로폼 벌통도 있고 부직포며 기타 보온재 들이 있지만 예전에는 벌통을 짚으로 덮어주거나 가마니로 감싸서 월동했습니다.

북한은 남한보다 더 추운데다 더군다나 량강도는 한반도 최북단입니다. 그러니 벌을 월동시키기 위해서는 단단히 준 비해야 할 겁니다. 량강도에서는 땅을 파고 벌통을 묻어 두었 다고 합니다. 구덩이 안에 벌통을 넣고 그 위에 벼를 도정할 때 나오는 등겨를 부어서 덮습니다. 그렇게 한 다음에 그 위 에 또 흙을 얹어서 꽁꽁 묻어둡니다. 보온재인 등겨에다 흙까 지 얹었으니 량강도의 혹독한 추위도 견딜 수 있었나 봅니다. 그러나 이렇게 흙으로 묻어버리면 벌이 숨을 쉬지 못해 죽습 니다. 그러니 숨구멍을 뚫어줘야 합니다. 구덩이를 메울 때 굴뚝처럼 위로 관을 뽑아 숨구멍을 만들어 주었다고 량강도 동생이 그랬습니다. 남한이 예전에 가마니나 짚을 덮어서 벌 통을 감쌌던 것처럼 북에서는 구덩이에 묻어서 겨울을 난 것 이지요.

북한의 벌 치는 이야기를 듣노라니 참 재미있었습니다.

"벌통을 한 통 줄 테니까 벌 키워 볼래요? 키울 장소가 마땅찮으면 우리 집에 두고 키워도 돼요. 주말에 우리 집으로 와서 벌을 돌보면 되지 않겠어요?"

남편이 선뜻 그런 제안을 하였습니다. '벌'이라는 공통분모가 두 사람을 하나로 묶어준 듯했습니다. 량강도 동생도 싫지 않은 표정이었습니다.

한참을 이야기하며 놀다 다들 집으로 돌아갈 채비를 합니다. 김포며 일산 등지에서 강화까지 온 사람들인지라 갈 길이 바쁩니다. 량강도 동생이 슬그머니 자리에서 일어나 밖으로 나갑니다. 동생은 벌들이 벌통에 드나드는 것을 한참이나 바라보다 자리를 떴습니다.

량강도 동생은 벌들이 붕붕 소리를 내며 분주히 날아다니는 것을 보며 무슨 생각을 했을까요. 어린 시절이 기억났을지도 모릅니다. 아니면 떠나온 고향을 그렸을까요. 어쩌면 다가올 봄날을 그리며 벌 칠 생각을 했을 것도 같습니다.

량강도 동생이 다가올 봄날을 꿈꾸었으면 좋겠습니다. 꿀을 찾아 부지런히 날아다니는 꿀벌들처럼 동생도 잘 살았으면 좋겠습니다. 낯설고 물 설은 남한 땅이지만 정을 나누는 이웃들이 있으니 더는 쭈볏대지 말고 자신 있게 살기를 빌었습니다. 그런 마음으로 골목을 빠져나가는 량강도 동생의 차를 한참 동안 바라보았습니다.

좋은 벗

얼마 전의 일입니다. 제가 아는 분이 염려스러운 목소리로 전화를 했습니다. 알고 지내는 새터민 집에 안부 차 들렀더니 사는 형편이 그리 좋아 보이지 않았다며 걱정을 했습니다. 젊은 새터민 부부가 아이 키우며 열심히 사는데, 지난달에는 일거리가 없어 며칠 일하지 못했다고 하더랍니다. 그러면서 제게 어디 일자리가 없겠느냐며 물었습니다.

그 새터민 부부는 저도 아는 사람입니다. 우리는 몇 년 전부터 그 댁과 꾸준히 내왕을 하며 안부를 묻고 지내는 사이입니다. 북에서 내려온 지 얼마 안 됐을 때부터 만났는데 그사이 아이도 낳고 잘 키워 지금은 그 아이가 초등학교에 다니고 있습니다. 그만큼의 세월이 흘러 이제는 스스럼없이 우리를 대하지만 처음에는 마음을 열지 못하고 조금은 우리를 경계하였습니다. 우리 역시 말을 조심했습니다. 들은 이야기는 다른데 옮기지 않고 걱정이나 고민을 풀어놓을 때는 마음을 기울여 들었습니다. 그렇게 오래 내왕하다 보니 이제는 스스럼없는 사이가 되었습니다.

일거리가 없어 놀고 있다니 걱정이 되었습니다. 그래서 할 줄 아는 기술이 있느냐고 물어보니 집 짓고 수리하는 일이라면 자신이 있다고 했습니다. 그러면서 어떤 일이라도 시켜만 주면 열심히 하겠다고 덧붙여 말했습니다.

새터민인 진이 아빠와 엄마는 남한에 와서 여러 가지로 놀랐다고 합니다. 남한이 잘 사는 것은 이미 알고 있었지만 사람들의 생김새나 차림새가 이렇게 세련되고 아름다울 줄은 미처 예상치 못했던 부분이었나 봅니다. 모두 예쁘고, 키도 크고 잘 생겨서 위축감이 들었다고 합니다. 또 한 가지 놀라웠던 점은 사람들이 모두 열심히 일을 한다는 것이었습니다.

남한에 와서 처음으로 일자리를 얻어 들어간 곳에서 진이 아빠는 적응하기가 쉽지 않았습니다. 일이 너무나 벅차고 빡세었기 때문입니다. 하루에 거의 12시간을 일했고 쉬는 날도 진이 아빠와 고향이 같은 사람이라고 했습니다.
남한으로 온지 오래 된 진이 아빠와 달리
그 사람은 이제 1년 정도밖에 되지 않았다고 합니다.
그래서 고향 사람인 진이네를
크게 의지하고 지낸다고 했습니다.

——

별로 없었습니다. 파김치가 되어 집으로 돌아오면 쓰러져 잠
자기 바빴습니다. 아침에 일어나 밥 한술 뜨고 공장으로 가서
또 종일 일하고, 그렇게 하다 보니 차츰 일이 몸에 익었습니다.

노동의 강도가 세서 힘들다고 했던 진이 아빠도 좀 지나니
적응이 됐는지 열심히 직장에 다녔습니다. 몇 달 일하다가는
그만두고 또 다른 일을 찾고는 했는데 이제는 한 곳에서 오래
일한다고 했습니다. 다만 체력이 약해서 그게 걱정이라는 말
을 진이 엄마에게서 들은 게 몇 달 전이었는데, 그새 무슨 일이
있었던 걸까요. 자초지종을 알고 싶어 연락을 했더니 그동안
몸이 좋지 않아 일을 쉬었다고 합니다. 다니던 공장은 그만 두
고 지금은 집수리를 하는 일을 맡아서 하고 있는데, 북한에서
도 그런 쪽 일을 했다면서 혹시 일거리가 없을지 물었습니다.

진이 아빠가 할 줄 아는 일이 뭔지 알아야 적당한 곳을 소
개해줄 수 있습니다. 그래서 물어보니 "떠발이, 아트, 폴리싱
돔천정, 도기, 타일, 가벽, 패널, 마루 등을 할 수 있습니다. 일
에 필요한 모든 장비를 구비하고 있으니 잘 부탁드립니다."
라고 했습니다. 떠발이는 뭐며 폴리싱 돔천정은 또 뭘까요.
아마도 집을 수리하는 부분에 대한 말이겠거니 여기며 주변

에 집을 수리할 사람이 있는지 알아봤습니다.

소개해줄 집을 찾았습니다. 그 집은 지은 지 십 년 조금 지난 한옥인데 벽체와 나무 기둥들 사이가 조금 벌어져 있었습니다. 나무가 마르면서 수축되어 생긴 틈입니다. 그냥 봐서는 아무렇지 않아 보였는데 자세히 보니 미세하게 갈라져 있습니다. 여름에는 괜찮지만 겨울에는 그 정도 틈으로도 황소바람이 들어올 것입니다.

그 집은 아주 공들여 지은 집입니다. 공사 기간만 해도 2년 반이나 걸렸을 정도로 잘 지은 집인데 과연 새터민에게 공사를 맡길 수 있을까요. 일솜씨가 어떤지 잘 알지도 못하는 사람을 뭘 믿고 맡기겠습니까. 다행히도 집주인은 크게 마음을 냈습니다. 소개하는 사람을 믿고 진이 아빠에게 일을 맡겼습니다.

진이 아빠는 일거리를 얻었습니다. 처음에는 벽체와 나무 기둥 사이만 메워 달라고 했던 집주인은 일을 맡겨보더니 점점 일거리들을 늘여 갔습니다. 꼼꼼하게 일을 하는 진이 아빠의 일솜씨가 마음에 든 것 같았습니다. 그에 더해 진이네의 사정을 알고는 돕고 싶은 마음에서 바쁘지 않은 일감들도 찾

156

아냈습니다. 이로써 진이네는 한숨 돌렸습니다.

소개를 해주고 며칠 지나 공사 현장으로 가봤습니다. 진이 아빠 외에 또 한 사람이 더 일을 하고 있었습니다. 다부진 체격의 그 사람은 무거운 물건도 번쩍번쩍 들어 올렸습니다. 우리를 반기는 진이 아빠와 달리 그 사람은 낯설어했습니다. 알고 보니 그 사람도 남한으로 온 새터민이었습니다. 진이 아빠와 고향이 같은 사람이라고 했습니다. 남한으로 온지 오래 된 진이 아빠와 달리 그 사람은 이제 1년 정도밖에 되지 않았다고 합니다. 그래서 고향 사람인 진이네를 크게 의지하고 지낸다고 했습니다.

진이네 집은 김포입니다. 고향 친구는 서울에 집이 있다고 합니다. 작업 현장인 강화도까지는 서울에서 오가기에 시간이 오래 걸립니다. 더구나 그 사람은 타고 다닐 차도 없습니다. 그래서 공사 기간 동안 김포 진이네 집에서 같이 지낸다고 합니다. 서로 의지하며 일하는 두 사람을 보니 우리도 덩달아 좋았습니다. 이웃에게 어려운 일이 있으면 내 일인 양 나서서 돌봐주는 마음이 우리 민족에게는 있습니다. 더구나 고향 사람이면 말해 무엇 하겠습니까. 친형제간인 양 고향 사람을 돕고 챙기는 진이 아빠였습니다.

한 달여 간 공사를 했습니다. 기둥과 벽체의 틈을 메꾼 것은 물론이고 마당에 판석도 깔았습니다. 지붕도 손보고 그 밖에도 자질구레하게 손봐야 할 일들을 다 했습니다. 집이 멀끔해졌습니다.

공사가 끝나는 날 집 주인이 저녁 식사 자리를 마련했습니다. 진이네 가족은 물론이고 고향 친구네 식구도 다 불렀습니다. 동네 사람들도 몇 분 자리를 함께 했습니다. 남북한 사람이 한자리에 모였습니다. 동네 사람들은 새터민과 한자리에 앉아 보는 것은 처음이라며 이것저것 묻습니다. 북한 사람들은 어떻게 사는지, 남한에 와보니 어떤지 등등 궁금한 게 많습니다. 다들 이야기를 하느라 밥은 뒷전입니다.

모를 때는 남이지만 알면 친구가 됩니다. 우리도 어느 결에 '좋은 벗'이 되어갑니다. 낯설고 어색해서 쭈볏대던 새터민들도 조금씩 다가옵니다. 함께 밥을 먹고 이야기를 나누노라니 어느새 우리는 친구가 되었습니다. 통일은 먼 데 있는 게 아니었습니다. 이렇게 서로를 알아가고 이해하는 게 바로 작은 통일이 아닐까 하는 마음이 들었습니다.

감자국수

면 요리를 유난히 좋아하는 이가 있습니다. 그 사람은 국수 종류면 뭐든지 다 좋아해서 뭐 먹고 싶은 것 없느냐고 물으면 매번 같은 소리를 합니다. "저는 면 요리면 다 좋습니다."

그 사람이 들으면 좋을 소식이 하나 생겼습니다. '감자국수'를 누가 해주겠다고 했습니다. 감자국수라니, 생전 처음 들어보는 이름입니다. 그것도 북한 음식입니다. 그래서 그 친구에게 알렸더니 한달음에 달려왔습니다. 본인이 좋아하는 면 요리인데다 북한 음식이기까지 하니 궁금해서 왔을 것입니다.

'감자국수'는 이름 그대로 감자로 만든 국수입니다. 국수라면 밀가루로 만들거나 아니면 메밀국수 정도만 생각했는데, 감자로도 국수를 만들 수 있다니 신기합니다. 과연 감자 국수의 맛은 어떨까요?

감자국수는 북한 음식입니다. 북한의 장마당에서 흔히 사 먹을 수 있는 두부 밥과 달리 감자국수는 명절 때나 맛볼 수 있는 특별한 음식이라고 합니다. 만들기가 쉽지 않아 특별 음 식일까요, 아니면 또 다른 까닭이 있는 걸까요. 만나기 쉽지 않은 북한 음식을 맛볼 수 있다니 자못 기대가 큽니다.

북한의 량강도와 자강도는 한반도에서 가장 최북단에 위치 한 지역입니다. 척박한 산악지대인데다가 추위가 일찍 찾아오 고 또 봄이 늦게 오는 지역이라 채소 농사가 잘 되지 않는 곳이 기도 합니다. 이러한 까닭에 밭작물인 감자가 특산물로 유명 하며 감자를 이용한 음식이 다양하게 발달했다고 합니다.

량강도와 자강도에서는 감자농마국수, 감자농마지짐, 언 감자국수, 감자엿, 언감자송편 등등 감자를 이용해 만드는 요 리가 많습니다. '농마'는 북한말로 녹말을 뜻합니다. 1999년 에 출간된 《감자료리》라는 북한 책에는 감자요리가 무려 80 여 가지나 수록돼 있습니다.

면발을 뽑는 기계를 챙겨 들고 옥주 씨가 왔습니다. 량강도

———

한반도의 최북단에 위치한 량강도와 자강도에서는
감자농마국수, 감자농마지짐, 언감자국수, 감자엿,
언감자송편 등등 감자를 이용해 만드는 요리가
많습니다. '농마'는 북한말로 녹말을 뜻합니다.

가 고향인 옥주 씨는 국수 위에 끼얹을 양념장과 북한식 콩나
물무침까지 만들어서 왔습니다. 감자국수가 남한 사람들의
입맛에도 맞을지 자못 긴장되는지 콧등에는 송골송골 땀이
배어 있었습니다.

원래는 감자를 강판에 갈아 윗물은 따라서 버리고 밑에 가
라앉은 전분을 모아 감자국수를 만들었을 것 같습니다. 그러
나 지금은 누구나 다 편리함을 추구하는 시대이니 가게에서
파는 감자 전분으로 대신했습니다. 육수도 꿩고기를 삶아 그
물로 한다는데 꿩고기를 구하기가 쉽지 않아 쇠고기로 대체
했습니다.

감자 전분에 뜨거운 물을 붓고 살살 저어가며 반죽을 합니
다. 전을 부치는 경우에는 반죽이 질어도 괜찮지만 면 반죽은
질면 안 됩니다. 반죽을 하는 한편으로 육수도 끓입니다. 기
름을 두른 냄비에 양파와 쇠고기를 넣고 조금 볶다가 물을 붓
고 한소끔 더 끓입니다.

옥주 씨의 남편인 철민 씨도 왔습니다. 두 사람 다 량강도
사람입니다. 철민 씨의 어머니는 감자국수를 잘 만들었다고
합니다. 그런 어머니를 보고 자랐으니 철민 씨의 음식 솜씨도

남다를 것 같습니다. 아니나 다를까 철민 씨가 오자 비로소
감자국수 만들기가 본격적으로 시작됐습니다.

감자녹말 가루는 쌀가루같이 하얗고 뽀송뽀송합니다. 겨
울 한밤중에 소리 없이 내린 새하얀 눈 같습니다. 밟으면 뽀
드득뽀드득 소리가 나던 눈, 감자녹말 가루에서 허리께까지
눈이 쌓이곤 한다는 북녘땅 량강도가 그려졌습니다.

반죽을 국수틀에 넣고 힘껏 눌렀습니다. 그러자 면발이 뽑
혀 나왔습니다. 하얗고 가는 면발을 뜨거운 물에 넣고 얼른
익혀냅니다. 그런 다음 찬물로 헹굽니다. 재빨리 하지 않으면
면이 불어버리니 재빠르게 손을 놀립니다.

감자국수의 면발은 잡채를 할 때 쓰는 당면 같았습니다. 당
면은 주로 고구마 전분을 이용해서 만듭니다. 감자국수도 전
분으로 만드니 면발이 당면이랑 비슷한 건 당연하겠지요. 하
지만 당면보다 훨씬 더 하얗고 쫀득쫀득했습니다.

국수 맛이 어떠냐고 옥주 씨가 물었습니다. 다들 맛있다고
말은 했지만 입에 착착 달라붙는 맛은 아니었습니다. 그도 그
럴 것이, 난생처음 맛보는 음식이었으니까요. 그런 우리와 달
리 새터민들은 국수 그릇에 코를 박고 먹기에 바빴습니다. 오

랜만에 맛보는 고향 음식이 반가웠는지 대접에 수북이 담긴 국수를 맛있게 다 비웠습니다.

뜨끈한 온면과 차가운 냉면, 이렇게 두 가지 맛의 감자국수를 맛봤습니다. 부슬부슬 비가 내리는 날에는 온면을 먹으면 좋을 것 같고, 찜통 같은 삼복더위에는 차가운 감자국수 한 그릇으로 더위를 잠시 잊을 수 있을 것 같았습니다.

처음 먹어본 감자국수는 우리가 먹던 국수와는 달랐습니다. 육수를 내는 법도 달랐고 면발도 가늘고 질겼습니다. 고명으로 끼얹는 양념장의 맛까지 똑같은 게 하나도 없었습니다. 그래도 먹을 만했습니다. 첫입에는 착 달라붙지 않았지만 몇 젓가락 먹다 보니 술술 넘어갔습니다.

옥주 씨 부부에게 남한은 모든 게 낯설기만 했을 겁니다. 그래도 이제는 잘 적응해서 삽니다. 고향이 그리울 때면 북한 음식을 해먹기도 합니다. 가끔씩 아는 분들을 초대해서 맛을 보여주기도 합니다. 남한 사람들이 북한 음식을 어떻게 받아들일까 조심스러워하면서 찬찬히 한 발씩 남한 사회 속으로 나아갑니다. 그런 옥주 씨 부부의 새로 딛는 발걸음을 응원합니다.

십시일반
옥수수

1997년에 우리나라는 국제통화기금IMF의 도움을 받아야 될 정도로 경제 위기에 처한 적이 있습니다. 우리나라가 가진 외환이 많이 부족해 국제 통화 기금으로부터 자금 지원을 받았습니다. IMF 경제 위기는 우리 사회 전체를 뒤흔들었습니다. 많은 기업이 문을 닫고 실업자가 늘어나는 등 경제가 크게 위축되었습니다. 하지만 정부와 국민들이 의연하게 대처하면서 예상보다 빨리 위기를 극복할 수 있었습니다.

경제가 위기에 처하자 '금 모으기 운동'이 벌어졌습니다. 사람들은 결혼반지며 사랑하는 자녀의 돌반지까지 아낌없이 내놓았습니다. 국민들이 내놓은 금을 정부와 기업이 사들여

외환과 바꾸는 식으로 외환위기를 극복하였습니다. 이 때문에 '금 모으기 운동'은 '제2의 국채 보상 운동'이라고 불리기도 했습니다.

나라가 위기에 처했을 때 국민이 분연히 일어난 사례는 그 이전에도 있었습니다. 외적의 침입으로 나라의 존망이 경각에 달할 때마다 민초들이 '의병'을 일으켜 적과 맞서 싸웠습니다. 대한제국 때인 1907년에 경제 주권을 지키려는 '국채 보상운동'을 일으키기도 했습니다. 가까운 경우에는 국정 농단을 더 두고 볼 수 없어 백만 시민들이 촛불을 들고 일어났습니다. 이처럼 우리 국민은 나라가 위기에 처할 때면 분연히 일어나 나라를 구하였습니다.

지금 또 한번 온 국민이 마음을 내야 할 일이 생겼습니다. 당장 내게 닥친 일은 아니지만 그렇다고 나 몰라라 할 수도 없습니다. 바로 우리와 한 형제 한핏줄인 북녘 동포들에게 닥친 일입니다.

북한은 지금 심각한 식량 부족 사태에 처해 있습니다. 유엔식량농업기구FAO와 세계식량계획WFP이 북한 현지 조사 등을 토대로 발표한 바에 따르면 올해2019년 북한 식량 사정이 매우 좋지 않다고 합니다. 유엔은 "북한 인구의 40%인 1,010만 명이 식량 부족 상태에 빠질 것"이라며 "외부로부터 136만 톤의 식량 지원이 필요하다."라고 발표했습니다.

북한을 돕기 위해 국제 사회가 나서고 있습니다. 우리 정부도 세계식량계획WFP을 통해 국내산 쌀 5만 톤을 북한에 지원하기로 했습니다. 민간 차원에서도 북한 돕기 운동이 벌어지고 있습니다. 국제구호단체인 'JTS'에서는 북한 어린이를 돕기 위한 옥수수 1만 톤 보내기 운동을 전개하고 있습니다. 부처님 오신 날부터 시작한 이 운동은 6월 말까지 할 예정인데 현재 옥수수 7천 톤을 살 수 있는 돈을 마련했다고 합니다.

옥수수 1톤이면 100명이 50일간 살아갈 수 있습니다. 1만 톤이면 많은 사람들을 살릴 수 있습니다. 그래서 한국 JTS에서는 '우선 옥수수라도 보내 급한 불을 꺼보자'는 의미로 옥수수 1만 톤 보내기 운동을 벌이고 있는 것입니다.

정토회 강화법당도 북한 돕기 운동을 전개하고 있습니다. 북한 고아원의 어린이를 돕기 위한 옥수수 1만 톤 모으기 운동에 적극적으로 나섰습니다. 가난한 나라의 어린이들을 돕기 위한 JTS 거리 모금 활동을 월 2회씩 꾸준히 해왔지만, 이

번 북한 돕기의 경우는 시간이 촉박한지라 강화읍 풍물시장
에서 매주 합니다. 그에 더해 법당에서도 작지만 의미 있는 운
동을 하고 있습니다. 바로 '자율 보시함' 운용이 그것입니다.

지난 6월 11일이었습니다. 그날 법당에 갔더니 밭에서 갓
캔 듯한 감자와 마늘 그리고 양파를 그물망에 담아 종이상자
에 놓아둔 게 보였습니다. 그 위 벽에 '자율 보시입니다. 모든
수익금은 북한 어린이 돕기에 쓰입니다.'란 안내 문구가 붙어
있었습니다.

햇마늘과 양파는 생으로 먹어도 맛있습니다. 남편은 햇마
늘을 즐겨 먹는데, 남편에게 맛보여 주고 싶었습니다. 그런데
보시함에 얼마를 넣어야 적당할지 고민이 되지 뭡니까. '이
정도 양이면 얼마어치쯤 될까. 만 원이면 될까? 아니면 이만
원을 넣어야 할까?' 나는 내심 궁리했습니다.

사실 올해는 양파가 풍작이라 가격이 헐하다고 들었습니
다. 더구나 그물망에 담아놓은 양파의 양도 그리 많아 보이지
않습니다. 그러니 다해 봐야 만 원이나 될까요? 그래서 저는
크게 인심을 써서 이만 원을 넣기로 했습니다. 그런데 이게
웬일입니까. 지갑을 열어보니 만 원짜리가 하나도 없지 뭡니

까. 아뿔싸, 이걸 어떡한다지? 그렇다고 천 원짜리 몇 장을 넣기에는 양심에 찔리고, 만 원짜리는 하나도 안 보이니, 오만 원짜리를 넣어야 한단 말인가? 보시함을 앞에 두고 내 마음은 갈등하기 시작했습니다.

좋은 일에 쓰인다는데 그깟 오만 원짜리 하나 넣으면 뭐 어떻다고 나는 그렇게 계산을 했던 것일까요. 통 크게 기분을 내면 그것으로 이미 보상을 받은 것이나 매한가지인데도 나는 망설였습니다.

오만 원짜리 한 장을 보시함에 넣었습니다. 겉으로는 아무렇지 않은 듯 넣었지만 속으로는 내내 계산했습니다. 솔직하게 말하면 남들에게 보이고 싶은 마음으로 오만 원을 냈을지도 모릅니다. '나는 이 정도 한다.'고 자랑하고 싶었습니다.

불교에서는 '무주상보시'라는 말이 있습니다. 누구에게 무엇을 줄 때는 대가를 바라지 말고 주며, 도와주었다는 생각조차 하지 말라는 뜻입니다. 그런데 저는 계속 오만 원에 매여 있었습니다. 무주상보시는 고사하고, 쪼잔하게 굴었습니다.

집에 돌아와 남편에게 양파와 마늘 등을 자율보시로 가져온 이야기를 했더니 "우리 집 꿀을 내놓으면 좋겠네" 하며 꿀

──

불교에서는 '무주상보시'라는 말이 있습니다.
누구에게 무엇을 줄 때는 대가를 바라지 말고 주며,
도와주었다는 생각조차 하지 말라는 뜻입니다.
그런데 저는 계속 오만 원에 매여 있었습니다.

을 네 병이나 주었습니다. 남편은 취미로 벌을 치는데 올봄에
아카시아 꿀을 제법 땄습니다. 꿀은 벌이 주는 선물이지만 그
래도 공으로 얻는 것은 아닙니다. 날마다 벌통을 들여다보며
벌을 관리하고 돌봐줘야 합니다. 또 벌통을 사거나 기타 여러
장비들을 구입해야 하기 때문에 돈도 제법 들어갑니다. 그래
도 달콤한 꿀벌을 얻는 것으로 보상받으니 꿀벌 치기는 취미
중에서도 특급 취미입니다.

아카시아꿀을 이웃과 친척들에게 드리기도 하고 또 더러
는 돈을 받고 팔기도 했습니다. 2.4킬로그램 한 병에 6만 원
을 받고 팔았으니 네 병이면 20만 원이 넘는 돈입니다. 그런
데 아낌없이 내놓겠다니, 무주상보시를 머리로는 알지만 실
천하지 못하는 저에 비해 남편은 실행하고 있었습니다.

정토회 강화법당에서는 전부터 농사지은 것들을 나누는
좋은 풍습이 있습니다. 법당 입구에 농산물들을 놔두면 필요
한 사람들이 조금씩 챙겨갑니다. 그러나 이번에는 자율 보시
를 받기로 했습니다. 춘궁기를 힘겹게 넘고 있을 북한 어린이
돕기에 보태기 위해 그렇게 하기로 한 것입니다. 감자와 마늘
그리고 양파를 가져온 어느 분의 선행이 마중물이 되어 온갖

것들이 다 나왔습니다. 오이를 따와서 내놓은 분도 있었고 손수 만든 케이크, 세숫비누, 발효식품들을 내놓은 분도 계셨습니다. 그 외에도 여러 가지가 함께 했습니다. 그중에 우리 집 벌꿀이 있었으니, 작으나마 함께 했다는 뿌듯함을 저는 돈 대신 받았습니다.

　예로부터 우리 민족은 십시일반의 정신으로 이웃의 아픔에 동참했습니다. 내 밥그릇에 있는 밥 한 숟갈을 떠서 배고픈 이웃을 돕는다는 마음이었습니다. 그런 넉넉한 인심이 이번 북한 돕기 운동에도 발휘되고 있습니다. 벌써 목표 금액의 절반 이상에 도달했다는 소식이 들립니다. 북한 주민들이 곡식을 수확할 때까지 견딜 수 있게 우선 옥수수를 보냅니다.

아는 것이
시작이다

"너, 이 선 넘으면 가만 안 둬."

순이는 짝꿍인 석이에게 을러댔다. 한 번만 더 선을 넘으면 가만 안 둘 것이라고 경고를 했다. 하지만 그 말을 들을 석이가 아니다. 석이는 일부러 팔꿈치를 삐딱하게 해서 책상의 금을 넘어 순이가 보고 있는 책을 건드렸다.

"이게 어딜."

순이는 연필로 석이의 책에 휙 선을 그어버렸다. 그걸 본 석이도 질세라 전광석화처럼 빠르게 순이 책에 낙서를 해버린다. 그런데 너무 힘을 주어서 그만 책이 찢어졌다. 분을 참지 못한 순이가 파르르 떨더니 그예 울어버렸다. 순이의 울음을 본 석이는 난감했다. 이러려고 그런 게 아니었는데, 또 이렇게 되고 말았다.

  그때 그 시절, 한 반에 60명도 넘게 복닥대며 공부했습니
다. 교탁 바로 앞에서부터 교실 끝까지 빈틈없이 책상이 꽉
들어찼고 두 사람이 같이 앉아서 공부하던 나무책상은 어느
것 하나 성한 것이 없었습니다. 책상을 반으로 뚝 가르는 금
이 책상마다 새겨져 있었습니다. 그 금은 늘 갈등과 대립을
불러일으켰습니다. 한 사람 앞에 책상이 하나씩 주어졌으면
다투지 않았을까요. 그러나 학생은 많았고 물자는 풍족하지
않았던 1970년대 그때 그 시절에는 그런 다툼이 일상이었습
니다.

  이스라엘과 중동 지역 젊은이들로 이루어진 오케스트라의
활약을 담은 〈다니엘 바렌보임의 작은 기적〉원제 : knowledge is
beginning 이라는 다큐 영화를 보며 문득 옛일이 떠올랐습니다.
금이 새겨져 있던 책상과 자기 영역을 지키려던 짝과의 다툼
도 떠올랐습니다. 그때 우리들의 싸움은 금방 화해가 되는 소
소한 것이었지만 이스라엘과 팔레스타인 간의 분쟁은 해결
의 기미가 전혀 보이지 않습니다.

이스라엘과 팔레스타인은 오랜 역사 속에서 서로 반목하는 사이입니다. 만약 3차 세계대전이 일어난다면 그것은 두 민족 사이의 분쟁에서 비롯될 것이라는 말이 있을 정도로 그곳은 세계의 화약고로 늘 일촉즉발의 위험을 안고 있습니다. 당연히 두 민족 사이에는 감정의 골이 깊이 패여 있어서 서로 한자리에 앉는다는 것은 감히 생각도 할 수 없는 일입니다.

이스라엘 출신의 세계적인 명지휘자 다니엘 바렌보임과 팔레스타인 출신인 석학 에드워드 사이드는 민족적인 원한으로 인해 뜻을 같이할 수 없는 입장이었습니다. 그럼에도 두 사람은 오랜 우정을 이어가고 있었고, 양국의 평화를 위한 큰 그림을 그려나갔으니 바로 '다니엘 바렌보임과 서동시집 오케스트라'가 그것입니다.

1999년에 시작한 서동시집 오케스트라는 바렌보임에게 '평화의 지휘자'라는 별칭을 안겨 주었습니다. 이 오케스트라는 서로 반목하는 사이인 이스라엘과 시리아, 레바논 및 팔레스타인 등 중동 출신 젊은이들로 구성되어 있다는 사실 하나만으로도 남다른 의미를 지니고 있습니다. 2011년 광복절에는 임진각에서 평화 콘서트를 열어 분단국가인 한반도에

화합과 평화의 메시지를 전하기도 하였습니다.

오케스트라의 이름인 '서동시집'West-Eastern Divan 은 괴테
의 시에서 따왔습니다. 동양과 서양이 균형 잡힌 시각으로 서
로를 바라보고 교류해야 한다고 괴테는 서동시집에서 말했
습니다. 바렌보임 역시 이스라엘과 팔레스타인이 서로를 편
견 없이 바라보고 교류해야 한다고 보았습니다.

서로 불구대천의 원수인 팔레스타인과 이스라엘 출신 오
케스트라 단원들이 함께 앉아 하나의 소리를 내기 위해 서로
에게 귀를 기울이고 눈을 맞추는 순간을 카메라는 포착합니
다. 그것은 국적, 종교, 문화, 생각이 다른 젊은이들이 아름다
운 하모니를 완성해가며 서로에 대해 가지고 있었던 왜곡된
이미지를 벗고 진짜를 발견해가는 과정이기도 하였습니다.

나와 맞지 않는 사람과 시간을 보낸다는 게 얼마나 고역인
지 우리는 압니다. 더구나 적대국 사이임에야 말해 무엇 하
겠습니까. 그럼에도 이 오케스트라는 해냈습니다. 처음에는
한 자리에 앉는 것 자체도 꺼리던 젊은이들이 차차 상대를 이
해하게 되고 마침내는 화음을 맞춰 작은 기적을 이루어냈습
니다.

시리아 출신 단원 한 명은 이전에는 이스라엘 사람을 한 번도 본 적이 없다고 했습니다. 그에게 이스라엘 사람은 '민족의 원수이자 나쁜 사람'이었습니다. 그것은 이스라엘 출신 단원도 마찬가지였습니다. 그런 그들이 한 무대에 서게 되었습니다. 그들은 똑같은 음을 같은 주법으로 함께 연주했습니다. 그들은 함께 무엇인가를 했던 것입니다. 이제 그들은 더 이상 서로를 질시하고 반목하는 눈으로 쳐다보지 않을 것입니다.

이 영화는 음악을 통해 서로 다른 생각과 가치관을 가진 사람들이 '아는 것이 시작이다.'knowledge is beginning 라며 끝내는 자신뿐만 아니라 세상을 변화시킨다는 것을 보여줍니다. '음악이 세상을 변화시킬 수는 없겠지만 화해의 시작이 될 수는 있다.'고 바렌보임은 말했습니다. 음악이 서로를 이해하고 화해시킬 수 있는 수단이라는 바렌보임의 이 믿음은 단원들에게도 전해져 그들을 바꾸어 놓았습니다. 세계적으로 유명한 음악가에게 발탁되어 배울 수 있다는 생각으로 워크숍에 참여한 연주자들은 점차 이 수업이 음악 이상의 의미가 있음을 알게 됩니다. 그들은 자신이 점점 변하고 있음을 느낍니다. 그리고 즐거운 마음으로 그 변화를 받아들입니다.

"팔레스타인 사람은 모두 배관공이거나 정비공인 줄 알았"
던 이스라엘 연주자와 "이스라엘 사람들은 인간으로도 안 보
였다."라는 팔레스타인 연주자가 한자리에 모여 연주를 합니
다. 그들이 서로 부딪혔을 건 안 봐도 뻔합니다. 그들은 음악
으로 증오의 장벽을 부술 수 있다고 말하지만 실제로는 그렇
지가 못했습니다. 민감한 정치 문제가 나올 때면 카메라 앞에
서 '스톱'을 외치기 바빴습니다. 그런 그들이 분쟁지역인 팔
레스타인의 수도 '라말라'에서 공연을 합니다. 이스라엘 출
신 단원들에게는 엄청난 용기가 필요한 일이었지만 그들은
용기를 내어 적지인 라말라로 가서 공연을 함께 했습니다. 이
를 본 팔레스타인의 한 소녀는 '이스라엘에서 온 것들 중 군
대와 탱크가 아닌 것은 최초였다.'고 말했습니다.

이 영화를 보는 내내 마음 한편으로 우리 민족의 처지가 떠
올랐습니다. 우리 역시 이들과 다르지 않기 때문입니다. 분단
된 지 어언 70여 년, 그동안 우리는 서로를 증오하고 헐뜯었
습니다. 어찌 보면 제 얼굴에 침 뱉기나 마찬가지였는데도 우
리는 그것을 미처 알지 못했습니다. 감정의 골은 패이고 패여
이제는 나무책상 한가운데를 가른 금처럼 선명하게 남아 있

분단된 지 어언 70여 년,
그동안 우리는 서로를 증오하고 헐뜯었습니다.
감정의 골은 패이고 패여 이제는 나무책상 한가운데를
가른 금처럼 선명하게 남아 있습니다.
그 골을 메울 수 있는 길은 정녕 없는 것일까요.

———

습니다. 그 골을 메울 수 있는 길은 정녕 없는 것일까요.

최근 뉴스 보도를 통해 반가운 소식을 들었습니다. 다가오는 4월에 남북한 여자 축구 대표선수들이 평양에서 시합을 할 것 같다고 합니다. 2018 아시아축구연맹 여자 아시안컵 예선 조 추첨 결과 한국이 북한, 우즈베키스탄, 인도, 홍콩과 함께 같은 조에 편성됐고 또 예선전이 모두 평양에서 치러질 것이기 때문입니다. 한국 축구 선수들이 평양에서 경기를 치른 건 1990년 10월 11일 남북통일축구가 마지막이었다고 합니다.

사실 역사적으로 거슬러 올라가면 경평축구대회가 있었습니다. 경평축구대회는 일제강점기 때 조선의 양대 도시인 경성과 평양을 대표하는 경성 축구단과 평양 축구단이 장소를 번갈아 가면서 벌였던 친선 축구경기로 1929년 10월에 서울에서 첫 경기가 개최되었습니다. 해방 후인 1946년에도 서울에서 경평전이 열렸으나 38선이 그어지면서 남북통행이 금지되었습니다. 그러자 평양 선수들은 경비망을 뚫고 어렵게 내려와서 경기를 했고, 다시 돌아갈 때는 육로가 위험해 뱃길을 택해야만 했습니다. 그리고 다음 해에 서울 선수들을 초청

하겠다는 그들의 약속은 지켜지지 못한 채 경평전은 무기한 중단된 채 지금에 이르렀습니다.

마치 지역을 기반으로 하는 유럽의 프로축구리그처럼 우리나라에도 서울과 평양의 양강 구도가 형성되어 있었던 것입니다. 그러나 분단으로 이 전통은 살려지지 못했습니다. 하지만 경평전의 주축이었던 경성 축구단과 평양 축구단은 해방 이후 각기 남북 국가대표팀의 모태가 되었고, 이후 대한민국과 조선민주주의인민공화국이 각각 월드컵 본선에서 좋은 성적을 거둘 수 있었던 것은 이러한 역사가 있었기에 가능했던 것입니다.

음악이 사람을 변화시키고 세상을 바꾼다면 스포츠 역시 마찬가지일 것입니다. 땀 흘려 함께 뛰며 몸으로 부딪히다 보면 마치 봄날에 대지가 녹는 것처럼 우리 민족의 앙금도 풀리지 않을까요. 그런 의미에서 '경평축구대회'를 다시 부활시키는 것도 괜찮을 것 같습니다. 1946년 경기를 끝으로 중단된 경평축구대회가 다시 살아난다면 민족의 갈등의 골도 차츰차츰 메워지지 않을까 하는 생각이 듭니다.

영화를 보고 온 그 다음 날 강화나들길 1코스를 걸었습니

다. 철종의 잠저인 용흥궁과 고려시대 궁궐인 고려궁지 등의
역사유적지를 두루 둘러보는 1코스는 강화읍의 북산을 넘어
북한이 건너다보이는 연미정까지 걷는 길입니다.

　　영하 7~8도를 오르내리는 한겨울 속에도 햇볕이 쬐는 곳
은 따뜻한 기운이 감돌았습니다. 길을 걷다 양지바른 곳에 앉
아 한참을 쉬었습니다. 한겨울 속에도 봄의 기운을 느낄 수
있었습니다. 봄을 기다리는 마음이 컸기 때문에 봄기운을 느
낄 수 있었을 겁니다. 평화와 통일을 바라는 우리의 마음이
햇살처럼 퍼져나가서 이 춥고 추운 한반도의 동토를 녹일 수
있었으면 좋겠습니다. 그런 마음으로 연미정 너머 북녘땅을
건너다보았습니다.

부부가 함께 읽는
《금강경》

넉넉하게 군불을 넣은 구들방 아랫목은 잘
잘 끓습니다. 바깥은 아직도 바람이 차지만 방 안은 따뜻합니
다. 저는 읽다 만 책을 끌어당겨서 펼쳐 들었습니다. 그 책은
'여시아문如是我聞, 저는 이렇게 들었습니다.'로 시작이 되는
《금강경》입니다.

몇 년 전에 정토회 불교대학을 졸업하고 그다음 해에 경전
반을 다니면서 《금강경》을 공부하기는 했습니다. 하지만 저
는 아는 게 하나도 없습니다. 단지 아는 것이라고는 '좋다 나
쁘다 구분을 짓지 말며, 그러한 상相을 만들지 말라'는 것뿐
입니다. 그것을 아는 것만 해도 훌륭하다고 생각하며, 공부에
열중하지 않았던 자신에게 면죄부를 주었습니다.

불교대학과 경전반을 다닐 때, 출석은 잘 했지만 공부는 등한시했습니다. 법문에는 별 관심이 없고 그저 같이 공부하는 도반들이 좋아서 다녔던 것뿐이었습니다. 놀듯이 공부하는 제가 민망스러울 때도 가끔 있었습니다. 그때마다 도반들은 "놀듯이 공부하는 것도 좋은 것이지요. 놀이 삼아 다니는 것도 괜찮아요." 하며 저를 감싸주었습니다. 저는 그 말을 핑계 삼아 동영상 법문 듣기를 게을리하였고, 심지어 힘이 들면 뒷자리에 누워서 잠을 자기도 했습니다.

저는 믿는 게 있었습니다. 부처님은 저를 힐책하지 않으시리란 걸 알고 있었습니다. 부처님은 너그러우시니 분명 이렇게 말씀하실 것입니다. "그래, 네가 힘들었구나. 뒤에서 한숨 자고 일어나서 힘을 내거라." 저는 진짜로 그렇게 믿었고, 그래서 동영상 법문을 듣다가 힘들면 누워서 잠을 잔 적도 더러 있었습니다. 그때 저는 여러 가지 하는 일들이 많아 피곤하기도 했습니다. 그러니 부처님께서 이런 저를 가엽게 봐주실 것이라고 믿었던 것입니다.

하지만 그것은 저의 핑계였고, 사실을 말하자면 열심히 공부하는 도반들에게는 미안하기 짝이 없는 일이었습니다. 그런데도 그분들은 마음을 닦는 사람들이어서 그런지 늘 저를 좋게 봐주었습니다. 그래서 불교대학도 또 경전반도 중간에 그만두지 않고 끝까지 갈 수 있었습니다.

그렇게 딴짓을 하면서 경전반을 다녔으니 아는 게 뭐가 있겠습니까?《반야심경》도,《금강경》도, 그리고《육조단경》도 이름만 알지 아는 게 하나도 없습니다. 그래서 늘 언젠가 다시 공부해야지 하는 마음을 먹고 있었습니다. 그러던 차에 문득《금강경》이 마음에 들어왔습니다.

2월 초순의 어느 날이었습니다. 그날 문득《금강경》이 궁금해서 책꽂이를 이리저리 살펴봤습니다. 우리 집에는《금강경》을 풀이해놓은 책이 몇 권 있습니다. 때마침 법당에서 법륜 스님이 해석한 책도 빌려왔던 터였습니다. 이왕 내친김에 인터넷으로 검색해서 영어로 된 것도 찾아보았습니다.《금강경》을 영어로는 '다이아몬드 수트라Diamond Sutra'라고 하는데, 영어 경전은 우리말로 번역된 것과 어떻게 다를지 궁금했던 것입니다.

사실 불경이 우리말로 번역되어 있지만, 한자를 잘 모르는 한글세대들이 읽고 이해하기에는 어려운 부분도 있습니다.

더구나 익숙하지 않은 불교식 용어들까지 등장하니 그 말이
무엇을 뜻하는지 깨닫기가 쉽지 않습니다. 그래서 젊은이나
일반 대중들이 불교를 이해하지 못하고 가까이하지 못하는
게 아닐까 하는 생각도 듭니다. 그런 생각에 영어 《금강경》까
지 찾아봤던 것입니다. 영어는 잘 모르지만 그래도 한글 번역
본과 비교하면서 읽으면 《금강경》이 더 쉽게 와닿지 않을까
하는 마음이 들었기 때문이었습니다.

　그날부터 '여시아문, 저는 이렇게 들었습니다.'라고 시작하
는 《금강경》을 읽기 시작했습니다. 그렇게 며칠인가 하던 어
느 날이었습니다. 그날도 소리 내어 책을 읽고 있는데, 남편
이 제 옆에 앉더니 관심을 보이지 뭡니까? 남편은 《금강경》
을 왜 '금강경'이라 부르는지 궁금해했습니다. 그래서 '옳다
고나, 남편이 드디어 불교에 관심을 보이는구나' 하는 반가
운 마음에 정성을 들여 첫 회분부터 다시 찬찬히 읽어나갔습
니다.

　《금강경》의 첫 회분인 법회인유분法會因由分, 즉 '법회가 열
리던 날'은 아주 소소한 내용을 담고 있습니다. 어찌 보면 별
것 아닌 일상을 담고 있어 시시하다는 생각도 듭니다.

이와 같음을 내가 들었사오니, 한때에 부처님께서 사위국의 기수급고독원에서 비구 천이백오십 인과 계셨습니다. 이때 세존께서는 공양 때가 되어 가사를 입으시고 발우를 들고 사위대성에 들어가셨습니다. 그 성안에서 차례로 걸식을 마치고 본래의 처소로 돌아와 공양을 드신 뒤 가사와 발우를 거두고 발을 씻으신 뒤 자리를 펴고 앉으셨습니다.

《금강경》이라고 해서 뭔가 대단한 것을 담고 있을 줄 알았는데, 뭐가 이렇게 시시한가 하는 생각도 듭니다. '옷을 입고 그릇을 챙겨 밥을 빌어 드시고, 식사를 마친 다음에는 또 옷과 바리때를 제 자리에 챙겨두고 발을 씻고 자리에 앉았다'라니, 뭔가 대단한 것을 기대했던 사람들은 일순 실망할 수도 있습니다. 그러나 《금강경》의 모든 것은 여기에 다 담겨 있다고 합니다. 하지만 우리는 그것을 미처 깨닫지 못하기에 부처님의 제자인 수보리 존자가 부처님에게 설법을 청하는 형식으로 경전이 전개되고, 그것을 통해 자세하고 풍부한 가르침을 받을 수 있는 것입니다. 우리 부부는 그날부터 매일 한 회분씩 《금강경》을 읽기 시작했습니다. 군불을 때서 잘잘 끓는

구들방에서 같이 경전을 읽고 새기노라면 무어라 말할 수 없
는 충만감이 들었습니다.

　《금강경》은 전부 다 해서 32회분 밖에 되지 않습니다. 하루
에 한 회분씩 읽어나간다면 약 한 달이면 다 끝마칠 수 있습니
다. 그래서 남편에게 제안을 했습니다. 이렇게 둘이서 같이 경
전을 읽으니 참 좋다고 하면서, 매일 같이 공부하면 어떻겠느
냐고 말을 건네 보았습니다. 제가 읽어주는《금강경》을 들으
며 남편은 잠에 빠져버리기 일쑤였지만 그래도 그 분위기는
좋았던지 그러마고 제 제안에 응해 주었습니다. 어느 결에 남
편 역시《금강경》을 알아가는 재미에 빠져 버렸던 것입니다.

　그렇게 일주일 가까이《금강경》을 읽으며 좋은 시간을 보
내던 중에 외국여행을 하게 되었습니다. 마음으로는 여행을
하면서도 날마다 공부하리라 생각하며《금강경》을 챙겨 갔
습니다. 하지만 우리 계획은 흐지부지되고 말았습니다. 아침
일찍 일어나서 밤늦게 돌아오기 일쑤인 여행 일정을 소화하
느라 책을 꺼낼 생각도 하지 못했던 것입니다. 우리의 계획은
장대했으나 끝은 흐지부지되어 버렸습니다.

　《금강경》의 첫 장인 '법회인유분, 즉 법회가 열리던 날'은

겉으로 보면 《금강경》이 설해진 당시의 배경 묘사에 불과해 보입니다. 하지만 그 뜻을 깊이 알아보면 《금강경》의 가르침, 더 나아가 부처님의 모든 가르침이 이 한 장면에 함축되어 있음을 알 수 있다고 합니다. 부처님은 평범한 일상의 모습에 지극한 도가 있음을 몸소 실천해 보이고 계신다고 배웠습니다.

평범한 일상에 도가 있다니, 우둔한 저는 도통 무슨 뜻인지 알 수가 없었습니다. 우리가 살아가는 나날들을 충실히 살면 그게 곧 지극한 경지에 이르는 길이라는 말일까요. 아니면 또 다른 이야기가 숨어 있는 것일까요.

부부가 살다 보면 좋은 순간도 있지만 마음에 안 들어 다투거나 화가 날 때도 있습니다. 오죽하면 '전생에 원수가 부부로 만난다'는 우스갯말이 다 있을까요. 《금강경》을 같이 읽으며 오순도순 잘 지내는 듯이 보이는 우리 부부도 실제로는 서로 자기 생각이 옳다고 주장하며 다툴 때가 많습니다. 그것이 외국 여행을 간다고 다를까요. 오히려 낯선 나라이다 보니 다툴 일이 더 많았습니다. 인솔자의 뒤를 따라가는 편한 여행이 아니라 우리 부부만 떠난 배낭여행인지라 모든 걸 우리가 알아서 해야 했습니다. 그러다 보니 자연 힘들 때도 많았습니다.

　여행 중이던 어느 날, 태국과 미얀마 사이의 국경을 보러 갔습니다. 국경은 우리나라 사람에게는 생소한 단어입니다. 우리나라에는 국경이란 게 없는 것이나 마찬가지이기 때문입니다. 우리는 휴전선을 경계로 북한과 대치하고 있습니다. 휴전선은 국경이라기보다는 전선戰線의 의미가 더 강한 게 사실입니다. 민간인은 그 가까이에 접근할 수도 없는 게 우리나라의 휴전선입니다. 그래서 잔뜩 긴장하고 태국과 미얀마 사이의 국경지대까지 갔습니다. 그런데 이게 웬일입니까. 국경이란 게 이렇게 별것이 아닐 줄이야. 그 전에는 미처 몰랐습니다.

　두 나라 사이에는 바짓단을 둥둥 걷어 올리면 물에 젖지 않고 건널 수 있을 정도 깊이의 좁은 강이 흐르고 있었습니다. 강 위에는 왕복 2차선 정도 넓이의 오래되어 보이는 시멘트 다리가 놓여 있었습니다. 그 다리 가장자리에는 태국과 미얀마 국기가 바람에 펄럭였습니다. 다리 위를 사람들이 오고 갔습니다. 양국의 군인들이 오가는 사람들을 검문하고 있었지만 그 역시 그다지 까다로워 보이지 않았습니다. 국경이라면 서로 삼엄하게 대치하고 있는 곳일 거라 지레짐작한 우리는 그 평온한 일상이 정말이지 놀라웠습니다.

평온한 일상에 지극한 도가 있다고 한 《금강경》의 말씀은 이런 데에서도 통할 것 같습니다. 우리나라는 겉으로 봐서는 아무 문제 없는 것 같이 보이지만 실제로는 늘 불안한 요소를 안고 있습니다. 세계가 놀랄 정도로 경제적인 성장을 이루었고 또 우리의 문화와 가치를 세계에 널리 알리고 있지만 그래도 늘 불안합니다. 우리의 이 평온은 언제 깨어질지 알 수 없기 때문입니다. 우리나라는 휴전 상태에 있는 것이지 종전선언을 한 것은 아닙니다. 물론 70년 가까이 휴전 상태이기 때문에 정전협정은 사문화된 것과 비슷합니다. 하지만 그래도 우리가 이룬 것들은 언제 한순간에 무너질지 예측할 수 없습니다.

남북의 정상이 만나 두 손을 맞잡고 평화를 이야기한 지 두어 해도 지나지 않아서 올해 봄에는 일촉즉발의 위기까지 간 적도 있습니다. 남쪽에 대해 기대를 하고 있던 북은 기대했던 대로 일이 진행되지 않자 실망했습니다. 그래서 개성의 남북 공동연락사무소를 폭파하고 남쪽에 대해 약속을 지키지 않는다며 험한 소리를 했습니다. 지금은 다시 잠잠해졌지만 언

———

남북의 정상이 올랐던 백두산 천지에
남편과 함께 올랐던 적이 있습니다.
남북의 정상이 만나 두 손을 맞잡고
평화를 이야기한 지 두어 해도 지나지 않아서
올해 봄에는 일촉즉발의 위기까지 간 적도 있습니다.
남북관계는 늘 이렇게 얼어붙었다가
다시 녹기를 반복하였습니다.

제 또 사이가 틀어질지 알 수 없습니다.

남북관계는 늘 이렇게 얼어붙었다가 다시 녹기를 반복하였습니다. 그런 세월이 오래되다 보니 이제는 그런 일이 일어나도 사람들이 별로 동요하지 않습니다. 예전에는 남북관계가 경색되면 만일을 대비해서 비상식량을 구비하느라 가게에 진열되어 있는 라면이며 기타 먹을거리가 동이 날 정도였습니다.

태국과 미얀마 사이의 국경에서 평범한 일상을 보았습니다. 국경이라고 해서 특별할 게 없었습니다. 총을 들고 있는 것도 아니었고 철조망이 쳐져 있는 것도 아니었습니다. 양국 사이에 흐르는 강물처럼 평온하게 일상이 흘러갈 뿐이었습니다. 마치 밥을 먹고 설거지를 한 뒤 손을 닦고 방으로 들어가는 것처럼 국경 역시 특별할 게 없었습니다.

두 나라 사이의 국경을 보고 우리나라를 생각했습니다. 섬 아닌 섬이 되어버린 우리나라의 처지가 떠올랐습니다. 우리는 외국여행을 해외여행이라고 말합니다. 외국은 비행기를 타거나 배를 타고 바다 위나 하늘을 통해서만 갈 수 있기 때문에 우리 의식에 외국여행은 해외여행으로 각인되어 버렸

습니다. 국경의 개념 또한 마찬가지입니다. 중무장한 군인들
이 적과 대치하고 있는 위험지역이 국경이라 인식합니다. 그
런 우리나라 사람에게 평온하고 일상적인 활동을 할 수 있는
국경은 새롭고 놀라울 따름입니다. 아무렇지 않게 양국의 사
람들이 오가는 국경을 경험해 본 사람이라면 새삼 비무장지
대며 휴전선이 있는 우리나라가 안타깝고 그 상황이 절실하
게 다가옵니다. 섬으로 전락해버린 우리나라의 처지가 비통
할 따름입니다.

  여행을 마치고 다시 일상으로 돌아왔습니다. 구들방에 군
불을 넣고 읽다가 만《금강경》을 다시 펼쳤습니다. '법회가
열리던 날'부터 다시 읽기 시작했습니다. 그 사이 마음이 바
뀐 남편은《금강경》읽기에 크게 관심을 두지 않았습니다. 그
렇더라고 해도 괜찮습니다.《금강경》을 소리 내어 읽는 것을
말리지 않고 그냥 두는 것만 해도 고맙습니다. 그렇게 귓등으
로라도 듣다 보면 낙숫물이 바위를 뚫듯이 어느 결에 부처님
의 가르침이 우리 부부에게 스며들겠지요. 그런 마음으로 천
천히 읽어 나갑니다. 이번에는 중간에 그만두지 않고 끝까지
갈 수 있기를 바라면서 한 회분씩 읽어 나갔습니다. 평범한

일상이 실은 가장 비범하다는 것을 조금은 깨달을 수 있기를
바라면서《금강경》을 읽고 새겼습니다.

경계 없이 피는 꽃

4부 —————————————— 기억

기억 속의
풍경

이깔나무, 가래나무, 물푸레나무

가문비나무, 자작나무 자욱한 숲

눈 쌓인 동삼 개마고원에선

소에 발기를 메웠다.

생 솔가지 내음 향긋한 설원을

왕방울 소리 절렁이며 미끄러지듯

썰은 나무 날랐다.

턱주가리에는 주렁주렁 고드름이 열려

콧구멍으로 연방 안개 뿜어대는

둥글소 등에는 땀이 뱄다.

(이하 생략)

'김태길수필문학상'을 수상한 국문학자 주종연 선생님의
《기억 속의 풍경》이란 책 속에 나오는 시의 한 대목을 옮겨
봤습니다. 소가 끄는 수레에 바퀴 대신 참나무 널빤지를 대어
눈밭을 스키처럼 미끄러지며 땔나무를 해다 날랐다는 눈 쌓
인 동삼冬三 개마고원, 우리에게는 너무나 멀고 먼 그곳이 가
까운 이웃 마을인 양 다가옵니다. 자작나무며 가문비나무가
줄지어 서 있을 개마고원의 풍경이 눈에 선하게 떠오를 듯합
니다.

소가 '푸푸' 김을 내뿜으며 수레를 끌면 그 김이 턱주가리
에 고드름이 되어 달렸다는 춥고도 추운 개마고원 인근에서
주종연 선생님은 어린 시절을 보냈습니다. 선생님의 고향은
함경북도 무산 산양대입니다. 그곳에서 태어난 선생님은 세
살 때 웅기로 이사를 가서 그곳에서 자랐습니다. 함경북도 웅
기는 두만강 어귀에서 사오십 리 떨어진 곳에 있는 조그만 도
시로 일제 강점기 남만주철도의 종착역이기도 했습니다. 일
제는 만주에서 걷어 들인 농산물을 비롯한 수많은 물산들을
동해안 최북단 항구였던 웅기에서 일본으로 실어 날랐습니
다. 그래서 한때 웅기의 인구는 삼만 명을 헤아렸고, 꽤 번성

했던 군청 소재지였습니다.

빛나는 푸른 바다가 도시 전체를 휘돌아 감고 있는 그곳을 선생님은 오매불망 그리워합니다. 전쟁 때 형님의 손을 잡고 남쪽으로 피난을 온 후 영영 고향과 이별을 했기 때문입니다. 육십갑자六十甲子가 넘도록 긴긴 세월을 꿈에도 잊지 못할 고향과 어머니입니다. 안태고향安胎故鄕을 그리워하는 애절한 마음이 선생님의 글 속에 고스란히 담겨 있습니다.

그때 엄마와 헤어진 곳은
고향 마을 다리목
난리 피해 길 떠나는 남정네들 틈에
나도 떼밀려 실렸다. 그저
며칠 나들이 다녀올 가벼운 차림으로.
도락꾸 화물칸에 기어올라
엄마가 씌워준 개털모자 여미기도 전
차는 터덜대며 다리를 건넜다.

연어의 모천회귀처럼 주종연 선생님도 고향을 그리며 두

———

강 건너 땅을 하염없이 바라봅니다.
한 눈에 다 들어오는 지척지간인 그곳을
칠십 년 세월이 흐르도록 가보지 못했습니다.
앞으로도 언제 갈 수 있을지 알 수 없습니다.

만강 어귀를 찾습니다. 러시아와 중국과 조선, 이 세 나라가 함께 국경을 맞대고 있는 꼭짓점인 방천에서 두만강 어귀 너머로 푸른 동해가 보입니다. 강이 바다와 맞닿는 곳 왼쪽은 러시아 땅이고 오른쪽 산 너머는 서수라, 웅상, 그리고 그 아래쪽에 웅기가 있습니다. 선생님이 어린 시절을 보냈던 곳입니다.

강 건너 땅을 하염없이 바라봅니다. 한 눈에 다 들어오는 지척지간인 그곳을 칠십 년 세월이 흐르도록 가보지 못했습니다. 앞으로도 언제 갈 수 있을지 알 수 없습니다. 선생님의 조상님들이 묻혀 있는 곳, 어린 선생님이 뛰어놀던 그곳을 언제나 가볼 수 있을까요.

선생님은 어린 시절 같이 놀던 동무들을 가만히 불러봅니다. 난리 통에 인민군 소년병으로 참전해 낙동강에서 임진강에서 혹은 철의 삼각지대에서 불귀의 객이 되었을 어린 영령들 - "봉주야, 철수야, 용희야, 기철아, 웅길아 그리고 이젠 일본식 이름으로만 기억되는 도요다 게이사꾸! 다들 어디에 있단 말인가." 선생님은 눈물어린 눈으로 친구들을 부릅니다.

《기억 속의 풍경》을 읽노라니 주종연 선생님의 기억 속에 남아있는 함경북도 웅기가 그려집니다. 푸른 동해가 눈앞에 펼쳐집니다. 억센 북관北關 사투리가 들려올 듯합니다.

전쟁 때 북에서 남으로 내려온 사람들은 전쟁이 끝나도 고향으로 돌아갈 수 없었습니다. 그들은 영영 고향과 어머니를 잃었습니다. 고향을 그리워하며 흘린 눈물이 산하를 적시고 적셨습니다. 아, 언제쯤 그 눈물이 그칠까요. 기억 속에 남아 있는 풍경은 이렇게 생생한데 무정한 세월은 자꾸만 흘러갑니다.

무녀
월선이

'내가 운허雲虛 스님을 처음 만난 것은 파주 땅에서였다. 한강
과 임진강이 합수하여 황해로 흘러들어가는 지점이 넓게 굽
어보이는 산 중턱 암자에서 스님은 홀로 기거하고 있었다.
스님은 임진강을 바라보며 가부좌를 하고 앉아 늘 염불을 외
었다. (······) 젊은 시절, 떠나온 북쪽의 피붙이와 산하가 그리
울 때면 나는 여기 암자를 즐겨 찾곤 했다. 철책 따라 굽이 돌
아가는 임진강 너머로 북녘땅을 육안으로 손쉽게 더듬을 수
있었기 때문이었다.'

이렇게 시작되는 글이 있습니다. 국문학자 주종연 교수가
쓴 〈무녀 월선이〉의 첫 머리입니다. 2015년 제 2회 김태길수

필문학상을 수상한 주종연 선생의 《기억 속의 풍경》이란 책
속에는 이산의 아픔을 담은 글들이 20여 편 수록되어 있는데
〈무녀 월선이〉는 그중의 한 편입니다.

한국전쟁 때 난리를 피해 어린 나이에 남쪽으로 내려온 저
자는 떠나온 고향과 피붙이들이 그리울 때면 그 암자를 찾아
갔습니다. 암자를 지키는 스님 역시 전쟁 때 남쪽으로 내려온
사람이었습니다. 황해도 구월산 자락에서 나고 자란 스님은
고향 동무들과 함께 남으로 내려왔습니다.

그 암자에는 애달픈 사연이 깃들어 있습니다. 시를 사랑했
던 문학청년과 무녀, 그리고 그들이 남긴 한 점 혈육 '월선이'
에 대한 이야기입니다.

'무녀 월선이'의 이야기를 잉태했던 그 암자는 한강과 임
진강이 합쳐져서 서해로 흘러들어 가는 곳이 내려다보이는
산기슭에 있다 했습니다. 그렇다면 그곳은 파주 땅 어디쯤일
것입니다. 암자는 아직도 여전히 그 자리에 있을까요. 나는
그 암자를 찾아 나섰습니다.

휴일 한낮의 자유로에는 오가는 차들이 많습니다. 시원스
레 뻗은 길은 한강을 옆구리에 끼고 계속 나아가다 통일전망

대가 있는 오두산을 휘돌아 감싸 안으며 굽이집니다. 그 근처 산기슭에 작은 절이 하나 있습니다. 한강과 임진강이 합쳐져서 서해로 흘러들어 가는 지점이 넓게 굽어보입니다. 이 절이 혹시 무녀 월선이의 사연을 담은 그 암자는 아닐까요?

책에서는 키 큰 느티나무가 절 입구에 있다고 했습니다. 작은 건물 한 채가 관음전도 되고 지장전도 되며 요사채도 되는 그런 작은 암자라고 했습니다. 과연 느티나무가 있었습니다. 지은이가 고향이 그리울 때면 찾아갔던 50여 년 전 그때처럼 염불 소리가 법당에서 들려왔습니다. 그 염불 소리를 따라 옛이야기 속으로 빨려 들어갔습니다.

전쟁이 끝나고 십여 년이 지난 해였습니다. 고향이 그리울 때면 그 암자를 즐겨 찾던 나 주종연는 스님에게서 전쟁이 할퀴고 간 아픈 인연에 대한 이야기를 듣습니다.

그 스님에게는 전쟁 때 같이 남으로 내려온 절친한 고향 동무가 있었습니다. 스님의 친구는 시를 좋아하는 문학청년이었습니다. 고등학교 행사 때 공초 오상순의 〈방랑의 마음〉이라는 시를 낭송했는데, 그 시는 젊은이들에게 선풍적인 인기를 끌었습니다. 그러나 전쟁은 문학청년을 비껴가지 않았습니다. 난리를 피해 남쪽으로 내려왔지만 먹고 살길이 막막했습니다. 문학청년은 풍찬노숙하며 지내다 묘한 인연으로 한강하구에 인접한 고양 땅 밤가시나무골 무당 집에서 일을 도와주며 기거하게 되었습니다.

고양 지역에서 소문난 만신이었던 무당에게는 갓 스물을 넘긴 외동딸이 있었습니다. 젊은 총각과 처자가 한집에서 지내게 되었으니 어찌 연정이 싹트지 않았을까요. 그러나 문학청년은 시간이 지날수록 제한된 일상 속에서 길들여지는 자신을 발견하고 무당의 집을 박차고 나왔습니다. 그리고 고향친구들을 따라 켈로KLO부대에 들어갔습니다.

미군 사령부 휘하의 정보부대였던 켈로부대는 낙하산으로 적지에 투하되는 북파요원을 양성하고 있었습니다. 남쪽 땅에서 먹고 살 길이 막막했던 젊은이들은 다시 고향 땅을 밟을 심산으로 자원해서 켈로부대에 들어갔습니다. 문학청년과 암자의 그 스님 역시 마찬가지였습니다.

그러나 스님은 고향 땅을 밟지 못했습니다. 훈련을 마치고 북파될 날을 기다리며 초조하게 있을 때에 그만 급성맹장염에 걸려 후방으로 이송이 되었습니다. 퇴원하고 본대로 돌아왔으나 이미 친구들은 북파된 뒤였습니다. 얼마 안 있어 휴전이 되었고, 부대마저 해산되어 버렸습니다. 나중에 수소문해서 알아보니 북파요원들은 거의가 전사했거나 투항해서 전멸했다는 소식이었습니다. 스님은 북으로 간 친구들의 생사에 대한 고민으로 괴로워하다 머리를 깎고 승려가 되었습니다. 고향땅에서 산화했을 젊은 영혼들의 극락왕생을 빌어주는 것이 자신에게 주어진 과업이라고 생각했기 때문이었습니다.

전쟁이 끝나고 십여 년이 지났을 때였습니다. 삼십 대 중반의 무당이 열서너 살 남짓 되어 보이는 딸아이의 손을 이끌고 기도 차 암자를 찾아왔습니다. 어미 손에 이끌려 암자에 온 월선이를 보는 순간 스님은 직감적으로 알아봤습니다. 월선이의 얼굴에서 고향 동무의 얼굴이 그대로 보였던 것입니다.

세월이 흘렀습니다. 떠나온 고향이 그리울 때마다 찾아가던 암자였지만 가정을 꾸리고 사회생활을 하다 보니 찾는 발길이 점차 뜸해졌습니다. 그러다가 종내에는 찾지 않게 되었습니다. 그렇게 이삼십 년의 세월이 또 흘렀습니다. 암자를 지키던 스님의 안부는 물론이고 고양 땅 밤가시나무골 무당네 이야기도 저자는 까맣게 잊었다 합니다.

그렇게 삼십 년의 세월이 흐른 어느 날이었습니다. 저자는 무속을 연구하는 지인을 따라 굿판에 갔습니다. 그날 굿을 할 무당은 경기도 고양 땅의 세습무인 '월선'이라고 했습니다. 이름을 듣는 순간 그 암자가 생각났고 안타까운 인연들이 떠올랐다고 합니다.

굿의 하이라이트인 '작두타기'를 할 때였습니다. 시퍼렇게 날이 선 작두 계단을 바람처럼 날아오른 무당은 긴 칼을 휘저으며 허공을 향해 외쳐댔습니다. 쇳소리를 내며 외치는 말 중에서 '남북통일'이란 낱말을 어렴풋이 알아들을 수 있었습니다.

굿이 끝나자 지인을 따라가 월선 무당을 만나볼 수 있었습니다. 저자는 굿을 지켜보며 들었던 의문에 대해 물어보았습니다. 담배를 한 움큼 입에 물고 뻐끔거리는 행위가 못내 의아했던 것입니다. 그것이 뜻하는 게 무엇인지 궁금하다고 물어봤습니다.

월선 무당이 아직 신내림을 받기 전이었습니다. 밤낮으로 북한산을 쏘다니며 산신 기도를 올렸다고 합니다. 밤샘을 하고 새벽녘에 산을 타고 내려올 때였습니다. 미아리 어느 골짜

기에 있는 어떤 무덤이 아늑하고 편안하게 느껴져 묘지 앞에
세워져 있는 시멘트 구조물에 기대어 잠깐 잠이 들었다고 합
니다. 웬 할아버지가 담배 한 보루를 주며 피우라고 하기에
입 안 가득 담배를 물고 불을 붙이다 잠에서 깼습니다. 그 후
접신을 하고 내림굿을 할 때 거역할 수 없는 기운으로 월선은
입 안 가득 담배를 무는 연희를 하였다고 합니다.

   월선 무당의 말을 듣는 순간 저자는 전율을 느꼈습니다. 미
아리에 있는 그 무덤은 공초 오상순 선생의 무덤이었던 것입
니다. 오상순 선생은 유명한 골초였습니다. 저자는 시인의 시
〈방랑의 마음〉을 조용히 읊기 시작했습니다.

   "흐름 위에 / 보금자리 친 / 오— 흐름 위에 / 보금자리 친 / 나
   의 혼"

   그때였습니다. 월선 무당이 "잠깐만요." 하면서 시 읊는 것
을 끊었습니다. 그녀는 어릴 때 엄마가 그 시를 흥얼거리던
것을 자주 들었다며, 자신을 세상에 남겨준 아버지가 엄마에
게 가르쳐 준 시라고 했습니다. 그녀는 옷매무새를 바로 하며

———

저 멀리 임진강이 보입니다.
절 마당에 서서 무연히 흘러가는 강을 바라보았습니다.
이 모든 사연을 아는지 모르는지
강은 말이 없었습니다.

다시 한번 시를 읊어주기를 간청했습니다.

시를 낭송하는 소리에 섞여 아버지를 부르는 월선 무당의 한숨 같은 흐느낌이 토해졌습니다. 문학청년과 그를 사랑했던 처자, 그리고 그들의 혈육인 월선이 오상순의 시를 통해 만나는 순간이었습니다.

염불 소리가 나직이 울려옵니다. 느티나무 그림자는 길게 마당에 드리워졌습니다. 서둘러 집으로 돌아가는 차들로 자유로는 다시 분주합니다. 휴일의 한때가 지나가고 있습니다. 저 멀리 임진강이 보입니다. 절 마당에 서서 무연히 흘러가는 강을 바라보았습니다. 이 모든 사연을 아는지 모르는지 강은 말이 없었습니다.

고향 땅을 밟아볼 심산으로 켈로부대에 들어갔다 산화한 청년들과 그들의 영혼을 위무하던 스님은 이제는 평안하실까요. 시를 멋지게 낭송하던 문학청년과 그 청년을 사랑했던 월선의 어미는 또 어찌 되었을까요. 이 모든 존재를 이어준 공초 오상순 선생의 시 〈방랑의 마음〉을 다시 한번 되뇌어 봅니다. 역사의 수레바퀴에 치여 죽어간 영령들을 위로하는 듯 법당에서는 염불 소리가 고요히 울려 퍼졌습니다.

가슴에 담은
어린 동생

　　아버지는 못내 눈을 감지 못하셨습니다. 할 일 다 하셨으니 편히 가시라고 고해드렸는데도 감았던 눈을 뜨고 또 떴습니다. 무엇이 그리도 아버지의 마지막 가시는 길을 붙잡았던 걸까요. 장가를 가지 않고 혼자 사는 막내아들이 눈에 밟혔던 걸까요. 아니면 살기가 넉넉하지 않은 자식이 걱정되어 그러셨던 걸까요. 말문도 막히고 눈도 닫혀 하고 싶은 말이 있어도 하지 못하고 보고 싶었던 사람이 왔는데도 알아차리지 못했던 아버지의 살아 마지막 며칠은 그렇게 흘러갔습니다.

　　1928년생이니 살아 계신다면 지금 구순을 넘긴 나이입니다. 그 나이대의 분들 중에 정정하게 지내시는 어른들도 많이 계신데 우리 아버지는 여든 살의 고개를 넘자마자 돌아가셨습니다. 아버지와 함께 우리 집의 옛이야기들이 다 가버린 것 같이 느껴집니다.

아버지는 이야기하기를 좋아했습니다. 동네 아이들은 우리 집으로 몰려와서 옛날이야기를 해달라고 졸랐습니다. 그러면 아버지는 못 이기는 척하며 이야기보따리를 풀어 놓습니다. 아버지가 들려주는 이야기는 흥미진진했습니다. 듣다 보면 신이 나서 애들은 아버지의 턱 밑으로 바짝 붙었습니다. 호롱불 아래 둥글게 둘러앉아 듣던 그 이야기들은 6.25 전쟁 이야기였습니다.

아버지가 들려준 이야기에는 슬프고 가슴 아픈 게 없었습니다. 고생도 지나고 보면 다 추억이 되는 모양인지 아버지는 힘들었던 내색을 하지 않았습니다. 그러나 어찌 좋은 일만 있었겠습니까. 두려워서 벌벌 떨기도 했을 겁니다. 힘들어서 눈물 흘린 적도 있었을 겁니다. 가슴 아팠던 날은 왜 없었을까요. 그런데도 아버지는 늘 기억에 좋게 남아있는 것들만 들려주었습니다.

언젠가 몸이 편찮을 때였습니다. 아버지는 평소에 잘 내비

치지 않던 감정을 보였습니다. 흘리듯 슬쩍 하신 그 말씀에 아버지의 힘들고 아팠던 세월이 스며들어 있었습니다.

"너거 작은 아베가 걱정되어서 눈을 못 감겠다. 너거 작은 아베는 어리숙해서 내 없으면 우에 살랑강 모르겠다."

아버지는 당신에겐 막내 동생이 되는 제 작은아버지를 걱정했습니다. 환갑이 넘은 작은아버지인데도 아버지 눈에는 여전히 걱정스럽고 애틋한 막내 동생이었습니다. 무엇이 그리도 염려스러웠을까요. 아버지의 마음 깊은 곳에 숨어 있는 이야기가 궁금합니다.

전쟁이 터지자 아버지는 나라의 부름을 받고 군대에 갔습니다. 아버지의 나이 스물한 살 때였습니다. 그때 제 작은아버지는 이제 막 걸음을 뗀 어린아이였습니다. 그런 막내 동생을 두고 전장으로 떠나자니 발걸음이 떼어지지 않았을 것 같습니다. 부모님과 어린 동생들이 눈에 밟혀 눈물을 흩뿌리며 전장으로 떠났을 겁니다.

삶과 죽음의 고비를 넘으며 전쟁터를 내달렸습니다. 강원도 철원을 거쳐 북으로 진격해 올라갔습니다. 청천강도 건넜습니다. 신안주며 영변까지 올라갔습니다. 계속 북쪽으로 진

전쟁이 터지자 아버지는 나라의 부름을 받고
군대에 갔습니다. 아버지의 나이 스물한 살 때였습니다.
그때 제 작은아버지는 이제
막 걸음을 뗸 어린아이였습니다.

격했습니다.

　그렇게 최전방에서 지내다 후방인 부산으로 이송되었습니다. 부산 해운대에 있는 탄약고를 지킬 때였습니다. 고향집에서 기별이 왔습니다. 모친이 돌아가셨다는 비보였습니다. 휴가를 내어 고향으로 돌아왔지만 이미 장례를 치른 뒤였습니다. 아버지는 마음 놓고 울 수도 없었습니다. 전장으로 떠날 때 아장아장 걷던 막내 동생은 자라서 네 살이 되었지만 여전히 엄마의 손길이 필요한 어린아이였습니다. 그런 막내 동생을 바라보는 아버지의 심정이 어떠했을까요. 무거운 책임감에 눈물도 나오지 않았을 것 같습니다.

　귀대를 해야 할 날이 다가왔습니다. 한시도 큰형님의 곁을 떠나지 않는 막냇동생을 떼어놓고 부대로 돌아가야 합니다. 아버지는 귀대할 걱정보다 동생을 떼어놓을 걱정이 더 컸습니다.

　네 살짜리 어린아이의 심정이 되어 봅니다. 엄마가 보이지 않습니다. 주변의 공기가 전과 다릅니다. 자신을 측은하게 바라보는 어른들의 눈길도 부담스럽습니다. 엄마를 찾고 싶지만 왠지 엄마 어디 있느냐고 물으면 안 될 것 같은 느낌입니다. 아이는 혼란스럽습니다. 울고 싶어도 울 수가 없습니다. 그럴 때 큰 형님이 왔습니다. 형님이 태산같이 크게 느껴집니다. 한시도 떨어지면 안 됩니다. 형님도 엄마처럼 사라질까 봐 큰형님의 바짓가랑이를 꼭 붙잡고 놓지 않습니다.

동생을 떼어놓고 부리나케 동네를 벗어났습니다. 기차역까지는 산을 넘어 40리를 걸어가야 합니다. 행여 동생이 쫓아올까 봐 뒤도 돌아보지 않고 산등성이에 올랐습니다. 산마루에 서서 동네를 내려다봅니다. 어린 동생이 형을 찾아 이 골목 저 골목을 돌아 다니는 게 보입니다. "형아, 형아" 애타게 부르는 목소리도 들립니다.

눈물을 뿌리며 산을 넘었습니다. 형님을 찾는 동생의 애처로운 목소리가 기차역까지 쫓아왔습니다. 동생의 울음소리가 가슴에 꽂혔습니다. 눈물을 뿌리면서 넘었던 그 산이 아버지의 등에 얹혔습니다.

작은아버지가 눈에 밟혀 눈을 감을 수 없다고 하신 아버지는 지금 어찌 지내실까요. 어린 자식들을 두고 차마 떨어지지 않는 발걸음을 떼었을 제 할머니에게 이제는 걱정 놓으셔도 된다고 고했을까요. 아버지는 모친의 임종을 보지 못한 한스

러움을 풀었을 것 같습니다.

겨울이 지나고 봄이 왔습니다. 고향 집 마당의 감나무는 새
움을 틀 준비를 하고 있을 것입니다. 물관으로 힘차게 물을
빨아올릴 나무를 그려봅니다. 줄기며 끝 가지까지 고루고루
생명의 물을 보냅니다.

감나무는 품이 넉넉합니다. 열매는 물론이고 나무 그늘 또
한 깊고 풍성합니다. 아버지는 우리에게 풍성한 그늘을 남겨
주셨습니다. 그 그늘에서 쉴 수 있도록 해주었습니다. 작은아
버지가 우리의 그늘입니다.

어쩌다 보니
임진각

　　어쩌다 보니 임진각이었습니다. 그날 아침까지만 해도 양평에 갈 생각이었는데 그만 다른 길로 빠져 버렸습니다. 그래도 그렇지 임진각까지 가다니, 엉뚱하긴 합니다. 특별히 볼 일이 있는 것도 아닌데 왜 나는 임진각으로 갔을까요. 무엇이 나를 그리로 이끌었을까요.

　　답답하고 무료할 때면 자유로를 달립니다. 쌩쌩 달리는 차들 사이로 나도 따라 달리면 어느새 답답하던 가슴이 뻥 뚫립니다. 그 길로 내쳐 달리면 임진각이 나옵니다. 임진각 뒤로는 강이 흐릅니다. 임진강입니다.

　　임진강은 우리에게 분단의 상징으로 다가옵니다. 이 강은 한반도의 허리에 위치해 있어 피 흘리는 전쟁을 숱하게 겪었

———

임진강은 우리에게 분단의 상징으로 다가옵니다.
이 강은 한반도의 허리에 위치해 있어
피 흘리는 전쟁을 숱하게 겪었습니다.
아직도 그 전쟁은 끝나지 않았습니다.
그 한가운데에 임진강이 외로이 있습니다.

습니다. 아직도 그 전쟁은 끝나지 않았습니다. 그 한가운데에 임진강이 외로이 있습니다.

자유로가 끝나는 지점부터 길은 좁아집니다. 왕복 8차선 길이 왕복 4차선으로 줄어듭니다. 이 길은 국도 77호입니다. 77번 국도는 부산광역시 중구에서 출발해서 황해도 개성시에 이르는 일반 국도입니다. 국도의 길이가 897킬로미터에 달하는 대규모 해안국도로 부산에서 남해안 및 서해안을 따라 위로 올라와 인천광역시, 서울특별시, 자유로를 거쳐 황해북도 개성시까지 이어집니다. 그러니까 77번 국도를 계속 달리면 개성까지 갈 수 있다는 뜻입니다.

개성까지 달리고 싶지만 갈 수 없습니다. 차는 통일대교를 건널 수 없었습니다. 이 다리를 건너면 개성은 금방일 텐데, 야속하게도 더 이상 나아갈 수가 없었습니다. 사실 개성까지는 금방입니다. 파주시에서 20킬로미터밖에 떨어져 있지 않으니 자유로를 달려온 속도 그대로 달린다면 아마도 20분 안에 도착하지 않을까요. 이대로 내쳐 달리고 싶었습니다. 그러나 다리를 앞에 두고 멈춰야 했습니다. 출입을 허가받아야만 임진강 위 다리를 건널 수 있습니다. 아쉬운 마음을 달래며

차를 돌려 임진각으로 갔습니다.

임진각은 휴전선에서 남쪽으로 약 7킬로미터 떨어진 지점에 있습니다. 남북분단이라는 한국의 비극적인 현실을 상징하는 장소로 임진각만 한 곳이 또 있을까요. 근처의 전망대에서는 임진강과 자유의 다리 일대의 경관을 볼 수 있습니다. 자유의 다리, 평화의 종, 통일기원 돌무지 등 평화와 통일을 염원하는 상징물이 곳곳에 있습니다.

세차게 비가 온 다음 날이라 그런지 임진강의 수위는 꽤 높았습니다. 빗물이 산과 들을 훑고 내려오면서 흙도 같이 끌고 왔는지 강물이 온통 흙탕물빛입니다. 물 깊이를 짐작할 수 없이 탁한 강물은 마치 우리 민족이 처해있는 현실을 보여주고 있는 것 같았습니다.

임진강은 북의 함경남도 덕원군 마식령산맥에서 발원하여 남으로 내려옵니다. 오는 도중에 여러 지류들을 받아들여 몸집을 키운 임진강은 경기도 파주시에서 큰 강인 한강을 만나 바다로 갑니다. 임진강은 남과 북을 두루 흐르는 강입니다. 임진강의 물은 아무렇지 않게 남북이 잘만 섞여 하나가 되는데 왜 우리는 그렇게 할 수 없을까요. 물처럼 살 수는 없을까요. 문득 임영조 시인의 〈물〉이라는 시가 떠오릅니다. 시인은 '무조건 섞이고 싶다 / 섞여서 흘러가고 싶다 // 가다가 거대한 山이라도 만나면 / 감쪽같이 통정하듯 스미고 싶다'고 했습니다. 장맛비가 내려 더 장대해진 임진강은 더 깊고 더 낮게 흘러 파주 땅에서 바다로 스며듭니다.

임진각을 지나 계속 올라가고 싶었지만 길이 막혀 더 갈 수 없었습니다. 77번 국도를 따라 개성까지 가보고 싶었지만 더 이상 위로는 올라갈 수 없었습니다. 북쪽으로 올라갈 수 없으면 동쪽으로 가보면 어떨까요. 임진강이 바다로 스며들어 가는 파주 땅에서 시작해서 동해안 고성까지 가보는 겁니다. 해지는 서해에서 해 뜨는 동해까지 가는 겁니다. 한반도를 남북으로 종단할 수 없다면 동서로 횡단해 보는 겁니다.

그날 밤에 잠이 오지 않았습니다. 가슴이 마구 설레었습니다. '이런 생각을 하다니, 이런 생각을 다 하다니…….' 나 자신이 대견해서 칭찬해주고 싶었습니다. 국토 종단은 들어봤지만 횡단은 잘 들어보지 못했습니다. 더구나 그 길은 DMZ를 따라서 가는 길입니다. 비무장지대이지만 사실은 중무장지대인 DMZ는 이름만으로도 무섭고 대단합니다. 과연 그 길을 걸어갈 수 있을까요.

어쩌다 보니 임진각에 가게 되었고, 어쩌다 보니 국토 횡단을 꿈꾸게 되었습니다. 이렇게 자꾸 '어쩌다'가 여러 번 계속되다 보면 진짜 '어쩌다 보니 개성'이 이루어지지는 않을는지요?

저의 '어쩌다 보니'는 계속 이어집니다. 임진각을 갔다 온 5일 뒤에 저는 대장정의 첫 발걸음을 뗐습니다. 서쪽 끝 강화도에서 동쪽 끝 강원도 고성을 향해 출발했습니다.

임진강 건너
해마루촌 이야기

임진강은 한반도에서 일곱 번째로 긴 강으로 길이가 254킬로미터나 됩니다. 북녘땅 함경남도 덕원군 마식령산맥에서 시작된 강은 군사분계선을 넘어 남으로 내려옵니다. 그리고 파주 땅의 오두산 전망대 근처에서 한강과 만나 황해로 흘러 들어갑니다.

임진강은 한반도의 허리에 위치하고 있어 역사의 한가운데 있을 때가 많았습니다. 고구려, 신라, 백제가 대립하고 있던 삼국시대부터 임진강 유역을 중심으로 국경을 확장하기 위한 각축전이 자주 벌어졌습니다.

고구려 광개토대왕이 남쪽으로 영토를 넓혀 나갈 때, 임진강 인근에 있던 백제의 관미성을 차지한 후에 이곳은 고구려

남진의 전략적 요충지가 되었습니다. 신라는 진흥왕 때 임진 강의 남쪽을 점령하여 고구려와 경계한 적이 있습니다. 한국 전쟁 때도 임진강 유역은 치열한 전장이었습니다. 지금도 임 진강은 남북이 첨예하게 대립하는 한가운데 있습니다.

임진강은 우리에게 분단과 비무장지대로 다가옵니다. 또 남과 북의 대립과 대치로도 연상됩니다. 임진강은 그 자체로 민간인통제선 역할을 해서 아무나 건널 수 없는 금단의 강으 로도 인식됩니다.

임진강에는 통일대교와 전진교 등 남북을 잇는 다리가 여 럿 있지만 현재 일반인이 자유롭게 오갈 수 있는 다리는 없습 니다. 임진각국민관광지에 있는 '자유의 다리'는 관광전시용 일 뿐 실제로 임진강을 건너기 위한 용도는 아닙니다. 임진강 을 건너자면 관할 군부대의 검문검색을 거쳐야 합니다. 특별 한 용무가 있을 경우가 아니면 임진강을 건널 수 없습니다.

임진강을 건너가 본 적이 있습니다. 파주시 장단의 해마 루촌에 살고 있는 남편 친구의 아버님께서 편찮으셔서 지난 2017년 봄 병문안 차 찾아갔습니다. 해마루촌은 전진교를 건 너 약 4킬로미터 정도 가면 있습니다. 전진교는 아무나 건널 수 없습니다. 강 건너 이북 지역이 민간인출입 통제구역이기 때문에 반드시 인근 군부대의 검문을 거쳐야 합니다.

제 남편의 친구인 김충현 씨는 서울에서 태어나고 자랐지만 외가는 임진강 건너인 파주시 장단면에 있습니다. 충현 씨 어머니의 고향이 바로 장단이었던 겁니다. 장단은 개성과 가까워 어머니는 어릴 때 개성에도 많이 가봤다고 합니다. 어머니의 오빠들이 모두 그곳에서 학교에 다녔기 때문이었습니다.

6.25 전쟁 때 민간인 소개 작전으로 가족과 함께 강제 이주를 당했던 어머니는 전쟁이 멈춰도 고향으로 돌아갈 수 없었습니다. 임진강만 건너면 바로 고향 땅인데, 갈 수가 없었습니다. 장단면은 1953년의 휴전선 설정으로 군사 완충지대가 되었고, 오랫동안 실제로 거주하는 사람이 없는 무인지대로 남아 있었기 때문입니다.

김대중 대통령의 햇볕정책 덕분에 해마루촌이 만들어졌습니다. 장단면 출신 사람들은 그리던 고향으로 돌아갈 수 있었습니다. 충현 씨의 어머니도 2001년도에 고향인 해마루촌에 집을 지었습니다. 고향을 떠난 지 50년이 지나서였습니다. 열

김대중 대통령의 햇볕정책 덕분에
해마루촌이 만들어졌습니다. 장단면 출신 사람들은
그리던 고향으로 돌아갈 수 있었습니다.
충현 씨의 어머니도 2001년도에
고향인 해마루촌에 집을 지었습니다.
고향을 떠난 지 50년이 지나서였습니다.

여덟 살 꽃다운 처자에서 노년으로 접어드는 나이가 되어서야 그리던 고향 땅을 밟을 수 있었습니다.

충현 씨의 친구들은 고등학교 다닐 때 내 집처럼 충현 씨의 서울 집을 드나들었습니다. 그때마다 어머니는 아들의 친구들을 친자식인 양 거두어 먹였습니다. 한창 먹성 좋을 고등학생들이었으니 오죽했겠습니까. 음식을 해내면 금방 빈 그릇이 되어 나왔습니다. 어머니는 그런 아들들을 흐뭇한 눈길로 바라봤습니다.

그렇게 키웠던 아들들이 임진강 건너 해마루촌으로 어머니를 뵈러 갔습니다. 미리 일러준 대로 전진교 검문소에서 기다리니 충현 씨가 마중을 나왔습니다. 그 무렵 충현 씨는 편찮으신 아버님을 돌봐드리기 위해 해마루촌에서 지내고 있었습니다.

임진강을 건너 해마루촌을 향해 갈 때였습니다. 도로 옆으로 철책이 처져있고 군데군데 지뢰 표지판이 세워져 있었습니다. 역삼각형의 그 표지판은 붉은색 바탕에 '지뢰'라는 글자가 쓰여 있었습니다. 더구나 해골 그림까지 있어서 눈에 확 들어왔습니다.

말이 필요 없었습니다. 그림이 다 말해 주었습니다. '들어가면 죽는다.'라고 말하는 듯한 그 표지판은 그 자체만으로도 너무나 강렬해서 감히 근처에 갈 엄두조차도 내지 못하게 했습니다. 우리는 서둘러 그곳을 지났습니다.

비무장지대와 민통선 이북 지역에는 아직도 미확인 지뢰지대가 많다고 합니다. 미확인 지뢰는 과거 한국전쟁 때 살포되거나 매설되었습니다. 그래서 지뢰의 종류나 수량, 위치 등을 알 수 없다고 합니다.

전장의 한가운데 있었던 임진강 유역은 오죽할까요. 차가 다니는 길 가 야산에도 지뢰 표지판이 있습니다. 그러니 임진강 너머 동네에서는 아무 데나 돌아다니면 안 됩니다. 길이 아닌 곳은 가지 말아야 합니다.

임진강 건너 산과 들은 옛 풍경을 많이 간직하고 있었습니다. 산을 따라 구불구불하게 돌아가는 도로 하며 사람의 손이 많이 가지 않은 논과 밭을 보니 어릴 때로 돌아간 듯했습니다. 개발의 바람이 민통선 안에는 채 미치지 못해 자연은 원래 그대로의 모습으로 남아 있었습니다.

분단은 우리 민족에게 족쇄이지만 또 다른 한편으로는 생태계 보존이라는 가능성도 보여 줍니다. 일반인의 출입을 허용하지 않는 비무장지대의 철책은 자연 생태계를 되돌렸습니다. DMZ 일원은 매우 다양한 생태 환경이 조성되어 있다고 합니다. 우리나라 식물의 40% 이상이 발견될 정도로 비무장지대 일원은 생물 다양성이 높다고 합니다.

민통선 안의 지역 역시 마찬가지입니다. 규제가 많아 개발이 덜 되었습니다. 그래서 자연 환경은 잘 보존되었지만 그러나 마음 한편이 무겁습니다. 지뢰 표지판이 있는 산을 보니 두렵습니다. 사람의 발길이 닿지 않아 자연은 원시의 모습으로 돌아갔지만 그렇다고 마냥 좋아해야 할까요. 생태계가 복원된 것은 고무적인 일이지만 그래도 철책은 걷어내야 합니다. 분단의 사슬을 풀어야 합니다.

충현 씨의 어머니는 그리던 고향에서 편안한 노후를 보내고 계십니다. 어머니는 50년 동안 실향민이었지만 이제는 더 이상 실향민이 아닙니다. 실향민 중에 이렇게 운이 좋은 사람이 과연 몇 명이나 될까요. 아직도 수많은 실향민들은 북쪽 하늘을 바라보며 그리운 마음을 삭힙니다.

북녘땅을 아홉 차례나 여행하고 여러 권의 책을 펴낸 재미교포 신은미 작가는 《우리가 아는 북한은 없다》2019 에서 이렇게 말했습니다.

> 사랑하는 가족을 국가의 허락 없이는 만날 수 없다거나, 함께 살지 못하게 하는 것은 인류에 대한 범죄이며 가장 근본적인 인권유린이다. 북한의 인권을 비판하는 남한도 이것으로부터 자유로울 수 없다. 이산가족들을 아무렇지도 않게 바라보며 살아가는 이 시대의 사람들 또한 엄청난 인권 유린에 동참하고 있는 것이다.

혈육이 서로 만나려고 하는 것은 인지상정입니다. 그것을 막는 것은 인간으로서 할 짓이 아닙니다. 이산가족들을 아무렇지도 않게 바라보며 살아가는 우리 역시 인권 유린에 동참하고 있는 셈입니다.

초楚나라의 시인 굴원屈原은 '새는 날아서 고향으로 돌아가고, 여우는 죽으면 머리를 언덕으로 향한다鳥飛反故鄕兮, 狐死必首丘.'라고 했습니다. 짐승도 죽을 때는 머리를 자기 굴 쪽으로 두고 죽는다고 하는데 사람은 오죽하겠습니까. 누구나 다 태

어나고 자란 고향을 그립니다. 죽어서라도 고향땅에 묻히고
자 하는 게 우리네 본성입니다.

고향을 잃은 실향민들이 더 이상 고향 없는 무향無鄕자가
되게 해선 안 됩니다. 실향민들이 고향을 찾아볼 수 있도록
해줘야 합니다. 헤어진 가족을 만날 수 있도록 해야 합니다.
그것이 바로 인권이고 통일입니다.

오늘도 임진강은 말없이 흐릅니다. 우리 민족의 눈물이 보
태어진 강물입니다. 그 눈물이 마를 날은 언제쯤일까요.

북맹 탈출

지난봄에 북한의 김정은 위원장이 한동안 보이지 않았던 적이 있습니다. 그러자 온갖 억측들이 쏟아져 나왔습니다. 김정은 위원장의 건강 이상설이 연일 언론에 오르내렸습니다. 심지어 김 위원장의 사망설을 주장한 이도 있었습니다.

북의 최고 지도자나 영향력 있는 고위급 인사가 한동안 보이지 않으면 처형당했다거나 중병에 걸려 위중하다는 뉴스가 대서특필됩니다. 대표적인 사례가 모란봉악단 단장인 현송월이 처형되었다는 오보입니다. 매스컴에서는 처형장이 어디였으며 어떤 방식으로 죽었는지를 자세하게 보도했습니다. 그러나 처형당했다던 현송월은 몇 년 뒤 평창 동계올림픽을 앞두고 예술단을 이끌고 남쪽에 왔습니다. 김정은 위원장의 위중설 역시 마찬가지였습니다. 남쪽의 분석과는 달리 김 위원장은 건재했고 동태가 심상찮다고 했던 북은 여전히 멀쩡합니다. 언론은 또 한번 허위 보도를 했고 가짜 뉴스를 양산한 셈입니다.

한국의 극우언론은 북에 관한 허위, 왜곡 보도를 남발해왔습니다. 그러나 어떤 가짜 뉴스를 양산해도 처벌받지 않습니다. 정정 보도를 할 필요도 없습니다. 북에 관해서 억측과 부정적인 기사를 많이 하면 할수록 지지층들의 호응을 더 많이 받습니다. 한국 언론의 이런 문제점에 대해 일본의 한반도 전문기자 시게무라 도시미쓰는 이렇게 지적했습니다.

> 오랜 기간 한반도 문제를 취재해온 내 경험에서 보면 북조선 관련 신문 기사의 대부분이 오보 또는 미확인 정보이다. 특히 한국 매스컴에서 전달하는 북조선 관련 미확인 정보의 대부분은 오보라고 봐도 틀림이 없을 것이다. 한국에서는 북조선에 대해 아무리 나쁘게 써도 전혀 문제가 되지 않는다.
>
> 시게무라 도시미쓰, 《북한은 무너지지 않는다》, 1997

극우언론의 이런 허위 왜곡 보도로 인해 남쪽의 사회 구성 원들의 북에 대한 견해와 인식은 심각하게 뒤틀렸습니다. 분 단 이후 70년 동안 이런 악의적인 뉴스만 접하다 보니 남한 사람들은 북을 싫어하고 증오하며 타도해야 할 적으로 여깁 니다.

2018년 4.27 남북정상회담 직후 북에 관한 태도가 긍정적 으로 변화하기 시작했습니다. 대북 신뢰도에 있어서도 그 전 에는 신뢰가 14.7%, 불신이 78.3%였으나 회담 후에는 완전 히 역전되었습니다. 김정은 위원장과 북의 지도부에 대한 평 가가 매우 긍정적으로 변했습니다. MBC 여론조사에서는 77.6%가 김정은 위원장을 신뢰한다고 대답했습니다.

대북 신뢰도가 이렇게 변화한 데는 여러 요인이 있겠지만 그중에 가장 큰 이유는 그동안 북에 대해 쓰고 있던 색안경을 벗었기 때문일 것입니다. 우리는 북에 대해 색안경을 끼고 봤 습니다. 그러나 색안경을 끼고 있다는 사실조차도 우리는 몰 랐습니다. 그래서 재미교포 신은미 작가는 '우리가 아는 북 한은 없다'라고 했습니다.

북을 9차례나 여행하면서 북에 대해 갖고 있던 고정관념을 벗은 작가는 우리 민족의 평화와 화해를 위해 간절한 마음으로 호소합니다. 한 민족 한 형제인 남과 북이 서로의 있는 그 대로를 알아야 한다고 말합니다. 색안경을 벗고 서로의 다름을 알고 또 존중해야 한다고 주장합니다.

　남과 북이 화해하고 평화의 길로 나아가기 위해서는 서로에 대해 알아야 합니다. 그러나 우리는 북에 대해 무지합니다. 우리가 알고 있는 것 역시 옳은 것이 아닙니다. 2001년부터 2014년까지 남북 양쪽 정부의 허가를 받고 북을 내 집 같이 드나들며 다양한 민간교류를 연결했던 '우리겨레하나되기운동본부'의 사무국장을 지낸 김이경 선생은 '우리나라 사람의 99%는 북한을 알지 못하는 심각한 북맹'이라고 했습니다. 개성공업지구관리위원회 위원장으로 일했던 김진향 씨도 한국인들이 북에 대해 무지하다면서 "컴맹이나 문맹처럼 우리나라 사람의 99.9%가 북한에 대해 거의 모르는 '북맹'이라고 생각한다."고 했습니다. 심지어 그는 우리나라 사람들이 "북한의 사람들에 대해선 아무것도 모르고 있다."라고 말했습니다. 우리는 북에 관해서 알고 있는 게 없고 설혹 안다고 해도 그것은 잘못 알고 있는 것이라고 합니다. 우리 국민의 99%가 북에 대해서 모른다니 도대체 그동안 우리는 북을 어떻게 봐왔으며 또 앞으로 어떻게 북을 알아가야 할까요.

　북한은 우리나라에서 가장 가까이 위치해 있으면서도 가장 먼 곳입니다. 전 세계 모든 나라 사람들이 북한을 여행할 수 있지만 우리나라 사람은 북을 여행할 수 없습니다. 어떤 지역에 가볼 수 없다면 그곳을 담은 드라마나 영화 또는 문학 작품 등을 접하면서 그곳의 현실과 생활 등을 간접적으로나마 알 수 있습니다. 그러나 우리는 북의 신문이나 방송은 물론이고 북과 관련된 웹사이트 역시 들어갈 수 없습니다. 일반인에게 북한은 방문은커녕 통신과 서신 왕래마저 두절되어 있습니다. 현대는 정보화시대라서 어떤 정보든 쉽고 빠르게 얻을 수 있습니다. 그러나 북에 대한 정보를 얻기는 어렵습니다. 한국은 북에 관해서 만큼은 지구상에서 가장 폐쇄적인 사회입니다. 정보가 넘쳐나는 시대이지만 북에 대한 정보를 접하는 것은 거의 불가능합니다.

　북에 대한 잘못된 견해와 감정을 벗고 북을 바로 알기 위한 우리의 노력이 필요할 때입니다. 정부는 물론이고 개인 역시 북을 바로 알기 위한 노력을 해야 합니다. 그것은 민족의 평화와 번영을 모색하는 길입니다. 통일된 한반도를 만들기 위해 북을 바로 알아야 합니다.

북녘을 바로 알고 싶다는 마음으로 모인 사람들이 있습니다. '북녘 바로 알기'에 대한 책을 읽고 이야기를 나누는 책모임입니다. 매달 첫 번째 주 월요일에 만나 책 이야기를 나눕니다. 벌써 세 번째 모임을 가졌습니다.

처음 함께 읽은 책은 심리학자 김태형이 쓴 《월북하는 심리학》이었습니다. 이 책은 남과 북을 가르는 일곱 가지 심리 분계선에 대해 이야기하며 서로 다른 남과 북의 심리적 차이에 대해 알려줍니다. 남과 북은 오래 떨어져 살아온 세월만큼이나 생각하는 가치관이 다릅니다. 한 예로 '돈'에 대해 남과 북은 확연히 다르게 생각합니다.

남쪽에서는 돈을 행복의 조건으로 봅니다. 돈은 생존과 직결되어 있으며 또 사회적 존중의 연결고리이기도 합니다. 한국인들은 무시당하거나 존중받지 못하는 고통으로부터 자기를 방어하기 위해 돈을 욕망합니다. 한국인들은 행복을 결정짓는 가장 큰 요인으로 돈을 꼽습니다. 돈이 없으면 행복할 수 없고 돈이 있어야 행복할 수 있다고 생각합니다. 북은 돈에 대해 우리와 생각하는 바가 다릅니다. 북은 생존에 필요한 기본적인 것을 국가가 제공해줍니다. 양식과 집이 제공되며 교육과 의료 등도 무상입니다. 최소한도의 삶이 보장되니 돈에 대한 욕망과 집착이 남쪽보다는 적을 수밖에 없습니다.

한국 사회에서는 돈이 '존중'과도 관련이 있습니다. 돈이 없으면 무시당하고 존중받지 못한다고 여깁니다. 그래서 사람들은 돈을 벌기 위해 애를 쓰고 돈이 있는 사람을 부러워합니다. 반면 북쪽에서는 돈이 사회적인 존중과 별 관련이 없습니다. 돈이 많다고 존중받고 없다고 무시당하는 게 아니라 사회적 존재로서 얼마나 기여하느냐로 존중을 받는다고 합니다.

북은 노동계급을 중시하는 사회주의 국가입니다. 그래서 육체노동자를 높이 평가하며 존중하는 문화가 널리 퍼져 있습니다. 북에서 소득이 가장 높은 직업군은 탄광 노동자처럼 육체적으로 힘든 직종입니다. 이들은 정부의 관리보다 월급을 더 많이 받습니다.《나는 대구에 사는 평양 시민입니다》저자 김련희 씨는 "직업은 그저 직업일 뿐 다른 거 하나도 없어요. 그 사람이 자기 직업에서 얼마나 능력이 있는 사람이냐, 이런 게 중요하지요. 사회 자체가 내가 사회적 존재라는

북녘을 바로 알고 싶다는 마음으로
모인 사람들이 있습니다.
'북녘 바로 알기'에 대한 책을 읽고
이야기를 나누는 책모임입니다.
매달 첫 번째 주 월요일에 만나 책 이야기를 나눕니다.

——

긍지감으로 살거든요"라고 말했습니다.

남쪽이 돈을 행복의 조건으로 생각한다면 북쪽 사람들은 '사회의 인정이나 존중'을 행복의 조건으로 생각합니다. 북쪽 사람들이 가장 중요하게 생각하는 인생의 목적은 '명예'입니다. 남쪽이 돈을 좇는다면 북은 이름을 좇는 셈입니다. 이처럼 남과 북의 심리적 차이는 많이 다릅니다. 서로 다른 체제에서 오래 살아온 결과 남과 북에는 심리적 분계선이 존재합니다. 남북이 화해와 통일로 나아가려면 이 심리적 차이를 좁혀나가야 합니다.

오랜 세월 서로 판이한 정치 구도에서 살면서 추구하는 가치관과 지향점 역시 남과 북은 다릅니다. 그 다름을 인정해야 합니다. 내 것만이 옳고 상대의 것은 무조건 잘못되었다고 치부하면 화해와 협력의 길로 나아갈 수 없습니다. 진정한 평화는 서로를 알고 존중해주는 데서부터 시작됩니다.

많은 사람들이 세계 여행을 꿈꾸지만 그 여행지에 북쪽이 들어가는 경우는 거의 없습니다. 오랜 분단과 대치 상황이 우리들의 상상력마저 막아버렸습니다.

우리 아이들은 농담이라도 평양 여행을 계획하고 있다는 얘기는 하지 않는다. 서울-대전보다 가까운 평양에 가는 것이 달나라에 간다고 하는 것만큼 현실감이 떨어지는 얘기가 되었다. 우리 아이들에게 평양은 지도에 없는 나라처럼 상상도 막혀버린 곳이 되고 있는 것이 아닐까?

김진숙, 《평화의 아이들》, 2018

우리의 상상을 막는 심리적인 분계선이 무너질 때 한반도에 진정한 평화가 찾아오겠지요. 이제 조심스레 상상해 봅니다. 코로나19로 외국여행이 어려워진 지금 국내여행으로 눈을 돌리는 사람들이 많습니다. 북한은 외국이 아니라 국내나 마찬가지입니다. 그러니 북한 여행을 꿈꿔보면 어떨까요.

북녘땅을 여행하기에 앞서 북을 바로 알아야겠지요. 편견 없이 있는 그대로의 북녘을 알아야겠습니다. 북에 대해 알려주는 책을 읽는 것으로 그 시작을 해보면 어떨까요?

뜻도 모르고 부르던
〈전우여 잘 자라〉

전우의 시체를 넘고 넘어 앞으로 앞으로

낙동강아 잘 있거라 우리는 전진한다.

원한이야 피에 맺힌 적군을 무찌르고서

꽃잎처럼 떨어져 간 전우야 잘 자라

예전 어릴 때 유호 작사 박시춘 작곡의 〈전우야 잘 자라〉란 이 노래를 부르면서 고무줄놀이를 했습니다. 전쟁이 끝난 지 한참 뒤인 1970년대에도 어린아이들이 따라 불렀을 정도이 니 이 노래의 인기가 어느 정도였는지 짐작이 갑니다. 그때 아무 뜻도 모른 채 따라 불렀던 이 노래의 노랫말을 어른이 되어 되새겨 보니 눈물 없이는 부를 수 없는 노래였습니다.

'꽃잎처럼 떨어져간 전우'를 기리는 노래이니 어찌 그런 마음이 들지 않겠습니까.

북진 통일을 꿈꾸며 병사들의 사기 진작을 위해 만들었을 이 노래는 그러나 1·4후퇴 즈음에 육군본부에 의해 금지곡이 되었습니다. 진격의 노래이지만 '화랑담배 연기 속에 사라진 전우야'2절가 불길하다는 이유에서였습니다. 3절과 4절의 노랫말 역시 문제가 됐습니다. '노들강변 언덕 위에 잠들은 전우야'3절 '흙이 묻은 철갑모를 손으로 어루만지니'4절 등의 노랫말이 후퇴하는 한국군의 사기를 떨어뜨릴 수 있다 하여 금지곡이 되었습니다.

〈전우야 잘 자라〉는 휴전 직후 복권되며 6·25를 대표하는 진중가요로 남았습니다. 이 노래는 70년 전 급박한 전쟁터의 명과 암을 돌아보게 합니다. 한국전쟁 당시 국토의 4분의 3이 전쟁터였습니다. 어림잡아 500만 명이 희생되었고 천만 명이 넘는 이산가족이 발생했습니다. 전쟁은 멈추었지만 전쟁의 상흔은 남아서 전해져 내려옵니다. 어린 아이들까지 불렀던 이 노래처럼 전쟁은 그 후로도 오래 우리 주변을 떠돌았습니다.

제가 어렸던 그때는 주변에서 군수물품들을 더러 볼 수 있었습니다. 군용 플래시는 어두운 밤길을 밝혀주는 요긴한 물건이었습니다. 밭에 거름으로 낼 오줌을 뜰 때 쓰던 바가지는 철모를 막대기에 단 것이었습니다. 철모 바가지는 깨지지 않고 튼튼해서 집집마다 하나씩 다 있을 정도였습니다. 남자 아이들은 전쟁놀이를 하며 자랐고 여자 아이들은 〈전우야 잘 자라〉를 부르며 고무줄놀이를 했습니다. 어린애들은 전쟁이 뭔지 알지 못했지만 은연중에 전쟁의 흔적들과 함께 컸습니다.

텔레비전도 컴퓨터도 없던 그때 전쟁놀이나 전쟁 이야기는 가장 재미있고 신나는 놀이였습니다. 동네 아이들은 저녁을 먹고 나면 우리 집으로 몰려오곤 했습니다. 저녁상을 물린 뒤 짚으로 새끼줄을 꼬던 아버지에게 "아제요, 이바구 한 자락 해주소." 하며 졸랐습니다. 아이들이 듣고 싶어 했던 이야기는 '옛날 옛날에'로 시작하는 이야기가 아니었습니다. 동네 애들은 전쟁 이야기를 들으려고 우리 집에 몰려왔던 것입니다.

애들이 달라붙어 이야기를 해달라고 졸라도 아버지는 짐짓 못 들은 척 했습니다. 그러면 우리는 아버지의 턱 밑으로

파고들며 졸랐습니다. 그렇게 조르고 조르면 아버지는 못 이
기는 척 꼬던 새끼줄을 옆으로 밀치며 이야기보따리를 풀어
놓았습니다.

아버지가 들려주는 전쟁 이야기는 손에 땀을 쥐게 했습니
다. 북으로 진격을 할 때는 우리도 덩달아 신이 났습니다. 물
이 들어갈까 봐 총을 머리 위로 들어 올리고 강을 건넜다는
이야기를 들을 때는 내가 꼭 강을 건너는 것 같았습니다. 그
러나 전세가 불리해서 후퇴를 하는 정황을 이야기 할 때면 우
리는 숨도 쉬지 못했습니다. 아무리 총을 쏘아도 개미떼처럼
중공군이 밀려왔다는 말을 들을 때는 우리 마음이 다 졸아들
었습니다. 중공군의 인해전술을 아버지의 이야기를 통해 알
았습니다.

1950년 6월 말에 전쟁이 났지만 제 고향 동네는 아무 일도
없었습니다. 인민군이 물밀 듯이 내려왔지만 경상도 대구 근
처 제 고향 동네까지는 쳐들어오지 못했습니다. 동네 청년들
중에 군대에 간 사람도 없었습니다. 낙동강 어디에서 사람이
그렇게 죽어 나갔다는 소문이 흉흉하게 들렸지만 전쟁과는
거리가 멀었던 곳이었습니다. 그러나 그 세월도 얼마 가지 못

했습니다. 전선이 불리하게 돌아가자 청년들에게 징집영장이 나왔습니다. 각 면마다 한 동네에 두 명씩 배당이 되었습니다. 우리 동네에서는 아버지와 또 한 명이 뽑혔습니다.

전쟁이 난 그해 8월에 아버지는 징집이 되어 전선으로 출동했습니다. 경북 청도 집에서 집결지인 경북 경산까지 칠십 리 길 땡양달 길을 걸어갔다 했습니다. 흙먼지가 뽀얗게 일어나던 운동장에는 범 같은 장정들이 수백 명 모여 있었다고 합니다. 그곳에서 며칠 훈련을 받던 중에 일부의 사람들이 차출되어 낙동강 전선으로 뽑혀 갔습니다. 나중에 들으니 그때 뽑혀 간 사람들은 낙동강 방어선에서 산화했다고 합니다.

전쟁이 나고 북한군의 공세로 우리 군은 낙동강까지 밀려납니다. 전황이 하도 다급해서 아직 총 쏘는 법도 채 익히지 못한 신참 병사들까지 전선에 투입이 됩니다. 다행히 아버지는 그때 차출되지 않아 목숨을 부지할 수 있었습니다. 이후 여러 전장에서 삶과 죽음의 골짜기를 숱하게 건너뛰며 살아남은 아버지는 무사히 고향으로 돌아올 수 있었습니다.

아버지의 전쟁 이야기는 신나고 재미있었습니다. 그 이야기 속에는 죽음도 슬픔도 없었습니다. 그러나 어찌 그랬을까요. 전쟁터였으니 총알이 날아가고 사람이 죽어갔을 텐데 우리 기억 속의 전쟁 이야기에는 영화를 보는 듯한 스릴만 남아 있습니다. 그때 어렸던 우리는 죽음이 뭔지를 몰랐습니다.

어른이 되어 그때 이야기들을 떠올리면 재미있고 스릴 넘치기보다는 아픔과 슬픔으로 다가옵니다. 부모 형제를 두고 전쟁터로 가야 했던 아버지의 절박함이 보이고 맏아들을 전장에 보내놓고 노심초사했을 내 조부모님의 애간장 태웠을 날들이 그려집니다. 그것이 어찌 우리 할머니 할아버지만의 일이었을까요. 남북의 수많은 부모들이 정안수를 떠 놓고 빌고 또 빌었을 겁니다. 그저 아들이 무사 귀환하기만을 간절히 빌었을 겁니다. 그러나 부모의 바람과는 달리 전쟁터에서 산화한 한국군은 줄잡아 십만 명은 될 거라고 합니다. 그보다 더 많은 수의 인민군이 전사했습니다. 다친 사람은 또 얼마나 많을까요. 남과 북의 온 부모들이 비탄에 빠져 허우적댔던 전쟁이었습니다.

예전 경북 안동에서 지낼 때 집주인 할머니가 들려준 이야기가 문득 떠오릅니다. 전쟁 때 할머니는 어린 인민군을 많이 봤다고 합니다. 목이 가늘고 키가 작은 인민군 패잔병들이

———

그들 인민군 소년병은 무사히 고향으로 돌아갔을까요.
부모님의 품으로 무사 귀환했을까요.
어쩌면 남쪽의 이름 모를 어느 산비탈에서
마지막 숨을 몰아쉬었을지도 모릅니다.

발을 끌며 밤새 지나갔다고 합니다. 배고픔과 피로에 지쳐 물한 모금 달라는 소리도 잘 못하던 어린 인민군 소년병들은 삐쩍 마른 몸에 눈알만 하얗게 살아 있었다고 합니다.

그들은 무사히 고향으로 돌아갔을까요. 부모님의 품으로무사 귀환했을까요. 어쩌면 남쪽의 이름 모를 어느 산비탈에서 마지막 숨을 몰아쉬었을지도 모릅니다.

2020년 6월 24일에 국군 전사자 유해 147구가 한국으로돌아왔습니다. 1990년에서 1994년까지 북한에서 발굴된 전사자 유해 가운데 한국과 미국의 공동감식 결과 국군 전사자로 판정된 유해들입니다. 이 유해들은 평안남도 개천, 평안북도 운산, 함경남도 장진호 일대에서 발굴되었습니다. 국방부는 이 지역에서 전투를 벌였던 미국 7사단, 2사단, 25사단의전사 기록과 전사자 명부 등을 통해 유해의 신원을 확인할 예정이라고 합니다. 한국전쟁 때 국군이 미군에 소속된 경우가많았기 때문에 미국 기록을 분석하여 신원 확인을 하는 것입니다.

미군 25사단이라면 아버지가 소속한 곳입니다. 아버지는평안북도 청천강까지 진격했다고 했습니다. 남쪽의 부드러운 산 능선들과 달리 북의 산은 매우 거칠고 험했다고 했습니다. 진군을 하다 어두워지면 야전 침낭을 펴고 잠을 잤는데 아침에 일어나 보면 일행들이 하나도 보이지 않아 당황했던 적도 있었다고 합니다. 밤새 눈이 허리께까지 내려 온 천지를 다 덮었기 때문이었습니다.

전 국토가 전쟁터가 되다시피 했던 6.25전쟁이었습니다. 북의 평안도며 함경도에서 국군 전사자 유해가 발굴된 것처럼 남에서도 마찬가지입니다. 비무장지대에서도 또 낙동강 방어선에서도 전사자 유해가 많이 발굴되었습니다. 살아서는 아군과 적군으로 대치했지만 죽어서는 그 모든 게 아무 의미가 없습니다. 국군도 또 인민군도 모두 소중한 생명일 뿐입니다.

전쟁 때 수십만 명의 군인이 전사했습니다. 살아서는 아군과 적군으로 대치했지만 죽음 앞에서는 모두 소중한 목숨이었습니다. 발굴된 전사자 유해는 대부분이 20대 초반 나이대의 유해였습니다. 그중에는 15살에서 19살 정도 나이의 전사자 유해도 전체의 24%나 된다고 합니다. 어린 소년병들까지 전쟁터로 내몰렸던 야만의 세월이었습니다.

〈전우야 잘 자라〉 노래를 뜻도 모르고 따라 부르며 고무줄 놀이를 했던 우리는 어른이 되어 자식을 낳고 키웠습니다. 자식을 키우면서 행여 다칠까 봐, 아플까 봐 노심초사했습니다. 그러면서 알았습니다. 세상 모든 사람은 누군가의 자식이고 그래서 모두 소중한 존재라는 것을 알았습니다. 내 자식이 귀하듯이 남의 자식 역시 귀한 법이니까요. 낯선 땅에서 마지막 숨을 몰아쉬었을 병사들을 생각합니다. 고향과 부모님을 떠올리며 눈을 감았을 것 같습니다.

6.25전쟁 때 희생된 분들의 명복을 빕니다. 남과 북 전사자들의 유해가 발굴되어 고향으로 돌아가길 빕니다. 고향의 품에서 편히 쉬길 기원합니다.

아버지의
그해 여름

아버지는 말없이 저 너머를 건너다봅니다. 눈앞이 뿌옇게 흐린지 안경을 벗어 닦습니다. 건너편 민둥산이 제법 파릇합니다. 아버지는 그예 건너가기라도 할 듯 난간을 부여잡습니다.

"야야, 여기가 맞다. 여기가 그기다. 하, 희한하네. 어쩐지 눈에 익다 했다."

강 건너 북쪽 땅을 바라보던 아버지가 감격스레 말했습니다. 연신 희한해 하던 아버지는 그러나 곧 조용해졌습니다. 반가운 마음보다 더 큰 어떤 감정이 밀려온 듯했습니다.

자유로를 달려 오두산통일전망대에 왔습니다. 저 멀리 임진강이 보입니다. 북한 땅과 가까운 곳이지만 여느 관광지와 다를 바가 없이 휴일 나들이를 온 사람들이 많습니다.

전망대를 구경하고 또 길을 나섰습니다. 자유로를 타고 계속 달립니다. 길 저쪽으로 들판과 산이 연이어 나타납니다. 강 쪽으로 툭 튀어나온 언덕도 보입니다. 차창 너머로 밖을 구경하던 아버지는 어딘가 눈에 익다고 하면서 차를 좀 세워 달라고 했습니다.

"어디서 봤더라? 그 참, 어디선가 본 것 같은데……."

아버지의 미간에 주름이 잡혔습니다. 심연 속을 헤집던 아버지는 기억을 끄집어 올렸습니다.

"아하……. 여기가 그기네. 어쩐지 눈에 익다 했다."

흥분된 목소리로 아버지가 소리칩니다.

"여기가 그기다. 여기서도 주둔해 봤다."

아버지는 떨리는지 말을 더듬기까지 합니다.

"그, 그 겨울에 여기를 지나갔다. 아하……. 세월이 그래 많이 지났는데도 고대로 있네. 하, 그 참."

"여기서 그 때 하룻밤 잤다라. 저거 보니 생각나네. 저기 저거, 툭 튀어나온 저거 옛날하고 똑 같네. 아, 그 참……. 허, 그 참 똑 같네."

난간을 부여잡은 손에 힘을 줍니다. 빨려들 듯 저 건너를 바라봅니다. 잊고 지냈던 먼 기억들이 되살아납니다. 아버지의 그해 여름이 찾아왔습니다.

여름 한낮엔 움직이는 게 아무것도 없다. 천지 사방이 다 조용하다. 바람도 숨을 죽인 한낮, 매미만 왱왱 울어댔다. 태동양반은 문지방을 베고 누웠다. 서늘한 기운이 등골을 타고 전해져 온다. 까무룩 잠에 빨려 들어간다. 온 동네가 다 조용하다.

해가 기울자 불볕더위도 사그라졌다. 조용하던 마을이 다시 깨어났다. 집집마다 굴뚝엔 파란 연기가 피어오르고 밥 짓는 냄새가 난다. 동네를 휘젓고 다니며 놀던 아이들은 밥 먹으라고 부르는 소리에 다들 집으로 돌아갔다. 마을은 다시 조용해졌다.

샛별이 산 위에서 깜박이며 졸고 있고 하늘은 검푸르게 어두워져 온다. 마을 일을 보고 있는 동네 이장이 찾아왔다. 막 밥숟가락을 뜨던 태동양반이 옆으로 비켜 앉으며 이장이 앉을 자리를 만들어준다.

"하따, 낮에는 우에 그래 덥든동, 해 지니까 살 만 하네."

이장은 괜히 바지춤을 한번 들춰 올리며 날씨 얘기로 말을 꺼낸다.

"그케. 올 여름은 유달시리 더 더분 거 같네. 날이 예사 더 버야제요."

태동띠기댁가 얼른 밥 한 그릇을 더 떠와서 이장 앞에 놓으며 한 숟가락 들기를 권한다. 마당 한쪽에선 가느다랗게 모깃불이 피어오르고 하늘은 검푸른 기를 점점 더해 간다.

"난리가 났다카더이만 우에 된능공요?"

"야, 안 그래도 그거 때문에 왔심더. 종채 쟈가 뽑힜심더. 원 앞댁에 흥갑이랑 둘이 뽑힜심더. 한 개 면에 20명씩 할당됐는데 우리 동네에는 두 명이 배당 됐심더. 흥갑이랑 종채가 나가야 됩니더."

"뭐라꼬요? 종채 쟈가 뽑힜다고요? 그러면 우리 종채가 전장터에 나가야 된다는 말인교?"

태동띠기가 울상이 되어 물었다. 맏아들인 종채가 전장에 나가야 된다니, 청천 하늘에 날벼락이 따로 없다.

난리가 났지만 그동안 종채가 사는 동네는 아무런 일도 일

어나지 않았다. 낙동강 어디서는 사람이 그렇게 많이 죽어 나
갔다지만 그건 남의 동네 일인 양 전쟁과는 거리가 먼 경상도
촌 동네였다. 마을마다 자위대를 조직하여 밤이면 큰길을 지
키는 게 일이라면 일이었지 별다른 일은 일어나지 않았다. 그
런데 이제 남의 일이 아니게 되었다. 종채가 전쟁터로 가게
되었으니, 이제 전쟁은 내 일이 되었다.

그해 여름, 억세게도 더웠던 8월 초에 종채는 출정 명령서
를 받았다. 벼논에 세벌 김도 안 맸는데 전쟁터로 끌려가게
되었다. 가기 싫다고 안 갈 수도 없었다. 시키면 시키는 대로
해야 하는 종채와 흥갑이었다.

아침 일찍 집을 출발해 1차 집결지인 면사무소로 갔다. 하
나둘 청년들이 모였다. 인솔자와 함께 2차 집결지인 경산까
지 걸어갔다. 8월의 땡 양달 아래 후끈 달구어진 길을 50리나
걸었다.

도착한 경산의 어느 초등학교 운동장에는 뽀얗게 먼지가
피어올랐다. 범 같은 장정들이 천 명 가까이 모였으니 그럴
만도 했다. 대구 인근의 각 군에서 뽑혀온 청년들이었다. 방
위장교들이 청년들을 몰아붙였다. 스무 살 남짓 나이를 먹었

지만 촌에서 살아 어리숙기 이를 데 없는 청년들이었다.

국방색 군복을 입은 방위장교들이 돌아다니며 사람을 뽑는다.

"중학교 이상 졸업한 사람, 앞으로 나왓!"

쭈볏대며 한 둘이 나온다.

"아, 중학교 이상 졸업한 사람이 없단 말이야? 그러면 국민학교 졸업한 사람 나왓!"

역시 서로 눈치보며 앞으로 나가는 사람이 없다. 종채도 고개를 푹 수그렸다.

배운 사람을 찾았지만 아무도 나서지 않자 장교들이 돌아다니며 사람을 차출했다. 빠릿빠릿해 보이는 사람을 골라 대열 앞으로 내보냈다. 무리에서 뽑혀나간 사람들은 울상을 지었지만 남은 사람들은 안도의 숨을 내쉬었다. 뭐가 뭔지 모를 때는 가만있는 게 상책이다. 숫자가 많은 쪽에 남아있는 게 신상에 이롭다. 그제야 종채도 안심이 되었다.

그때 뽑힌 사람들은 수류탄 2개를 지급받고 입은 옷 그대로 전선으로 떠났다. 그들은 경북 안강전투에 투입되었다. 총 쏘는 것도 제대로 배우지 못한 그들은 그대로 전선에서 산화

제

했다. 안강전투가 워낙 다급해서 시간을 지연시키기 위한 총 알받이로 그들이 뽑혀갔던 것이다.

8월의 땡볕 아래 장정들이 굼실댄다. 훈련이 안 된 청년 수 백 명이 한꺼번에 움직이니 도떼기시장 저리 가라 할 만큼 혼 란스럽다. 그래도 처음 보다는 많이 나아졌다. 훈련 이랬자 줄 맞춰 서며 열중쉬어에 차렷 정도가 고작이었지만 그래도 제법 군인 티가 나기 시작했다. 그렇게 일주일이 지나고 최종 합격자를 뽑는 심사가 있었다. 사지육신만 멀쩡하면 다 합격 이다. 종채도 당연히 합격이었다.

경산역에는 장정들을 태울 열차가 기다리고 있었다. 뚜껑 도 없는 화물열차였다. 군인들을 가득 태우고 열차는 하염없 이 달렸다. 어디로 가는지는 아무도 몰랐다. 운명이 가리키는 대로 갈 뿐이었다.

열차가 도착한 곳은 구포역이었다. 역에서 15리쯤 떨어진 김해 대동국민학교로 이동했다. 도착하자마자 발가벗겨 놓 고 하얀 가루를 막 덮어 씌웠다. 하얀 가루의 정체는 이 잡는 살충제DDT였다.

뭔지 모르는 주사도 예닐곱 방이나 맞았다. 줄을 지어서 지나가면 이쪽에서 한 방, 저쪽에서 한 방씩 막 놓았다. 주사를 맞고 교실로 들어가니 사방에서 앓는 소리가 낭자했다. 한꺼번에 예방주사를 그렇게 많이 맞았으니 몸이 약한 사람은 그 자리에서 픽픽 쓰러졌다. 밤새도록 앓으면서 그 날 밤을 보냈다.

다음 날 날이 밝자 배낭이랑 군복, 그리고 철모를 지급했다. 카빈총도 나눠주었다. 총을 지급받으니 그전의 내가 아닌 또 다른 사람이 된 것 같았다. 그제야 본격적인 군인이 된 듯했다.

그곳에서 일주일간 또 군사 훈련을 받았다. 사격 연습도 했다. 총알 4발을 지급받아 건너편에 있는 허수아비를 목표물 삼아 총을 쏘았다. 이때 딱 한 번 사격 훈련을 받은 게 총 쏘는 훈련의 전부였다. 그리고 전선으로 출동했다.

사격 훈련을 받은 다음 날 구포역으로 집결했다. 집에서 나온 지는 스무 날쯤 지났을 때였다. 더위가 한풀 꺾여 가는 8월 말이었지만 한낮의 햇살은 여전히 따가웠다. 다시 열차를 타고 마산으로 갔다.

마산 역 앞에 대기하고 있던 지에무시GMC 트럭을 타고 나락창고였을 법한 큰 창고로 갔다. 그곳엔 양코배기 미군 중령과 통역 장교가 기다리고 있었다. 다시 선별 작업이 있었다.

"중학교 이상 나온 사람 앞으로!!"

아무도 나서지 않았다. 눈을 아래로 내리깐 채 서로들 눈치만 봤다. 무리에서 벗어나지 않으려고 다들 애쓰는 표정이 역력했다.

"아무도 없어? 그럼 국민학교 나온 사람 나왓."

몇몇이 앞으로 나간다. 그걸 본 일부가 또 따라 나간다. 종채는 망설였다.

'저기 나가는 게 좋을까? 아니야. 그래도 여기에 끼어 있는 게 더 좋을 거야. 죽으나 사나 여기에 끼어 있자.'

사람들이 이리저리 갈라졌다. 어디가 좋은 건지는 몰라도 일단 많은 무리에 끼어서 종채는 안심이 되었다. 그때 먼저 뽑혀간 사람들은 좋은 보직을 받았다. 상대적으로 고학력자라 행정직으로 뽑혀갔다. 그 나머지는 모두 소총수로 배치되었다. 초등학교를 졸업했지만 앞으로 나서지 않았던 종채도 소총수가 되었다. 이후 종채는 최전선을 달려야 했다.

추적추적 내리는 비를 맞으며 트럭을 타고 이동했다. 한 대에 스무 명 남짓 되는 군인들을 태우고 트럭의 대열은 마산에서 철원까지 올라갔다. 철원 연병장에 군인들을 부려놓고 트럭은 떠났다. 그곳에서 3일간 교육을 받을 예정이었다. 그런데 그날 밤에 다급하게 명령이 내렸다. 인민군이 근처까지 왔다는 연락을 받은 것이다. 신병들은 탄알 50발씩을 지급받고 허겁지겁 고지대인 산으로 올라갔다. 밤새도록 대기하다 아침이 되어 산에서 내려왔다. 다행히 인민군과의 접전은 없었지만 처음으로 경험해본 실전 상황이었다.

아침 10시쯤에 미군 트럭이 잔뜩 왔다. 그들은 두세 명씩의 한국군을 뽑아서 각자의 트럭에 태우고 갔다. 자대 배치였다. 종채가 배속 받은 부대는 미 25사단 35연대 3대대였다. 1개 중대에 한국군이 1명씩 배치가 되었는데, 이들은 미군부대에 배속된 최초의 한국군들이었다.

한국동란이 터지자 곧바로 참전한 미 25사단은 북한군과의 첫 전투에서 크게 패했다. 한국의 지리와 정서를 잘 몰라 당한 패배였다. 뼈아픈 패배를 경험한 미군은 한국군의 필요성을 느끼게 되었다. 그래서 미군은 한국군을 한 중대에 한 명씩 배치했다. 종채를 비롯한 대원들이 미군부대에 배치받은 첫 한국군이었다.

철원의 어느 산에서 며칠을 대기했다. 그 이전 전투에서 크게 패한 25사단은 그곳에서 인원을 보충받으며 재충전하고 있었다. 큰 전투를 치른 뒤라 주변에는 주검이 아무렇게나 흩어져 있었다. 종채는 처음 보는 주검에 놀랐다. 너무 무섭고 끔찍했다. 그러나 오래가지 않아 주검을 봐도 아무렇지도 않았다. 하도 많이 봐서 감정이 무디어진 것이다.

요란스레 총성이 울렸다. 교전이 시작되었다. 사방이 부옇게 동이 터 오는 새벽인데 또 전투가 시작되었다. 저 밑에서 적들이 산을 타고 올라오기 시작한다. 아래를 내려다보며 일제히 총을 쏴댔다. "드르륵, 드르륵." 기관단총도 불을 뿜는다. 픽픽 쓰러지는 적군이 보인다.

산 밑에서 까맣게 적이 기어 올라온다. 아군에 비해 적이 너무 많다. 아무리 총을 갈겨도 적은 계속 올라온다. 중공군의 인해전술이었다. 무전병이 적탄에 맞아 죽었다. 이젠 지원을 요청할 수도 없다. 대대본부에서 무전기를 총으로 쏴버렸다. 수적으로 밀리는 상황에서 후퇴만이 살길인데 무거운 무전기는 애물단지였다. 버리고 가면 적이 차지하니 지휘부가 무전기를 쏴버린 것이다.

후퇴 명령이 떨어졌다. 대대본부를 살리기 위해 중령 계급의 미군 장교가 부하들을 데리고 100미터쯤 떨어진 곳에서 교전을 하고 있었다. 그 틈을 이용해서 빠져나가야 한다. 중공군이 도로를 집중 사격했다. 총알 세례를 받은 도로에서는 먼지가 폭폭 일어났다. 저 도로를 건너야 하는데 건널 도리가 없다.

갑자기 제트기들이 새카맣게 몰려왔다. 이제야 지원군이 오는 모양이다. 길 저 밑에서 탱크도 밀고 올라오고 있었다. 이젠 살았다.

종채는 운이 좋았다. 전쟁터에 뽑혀 간 것으로 봐서는 운이 나빴지만 돌아보니 나쁜 것도 아니었다. 집에 있을 때 언제 한번 배부르게 밥을 먹어본 적이 없었다. 혀가 빠지게 일했지만 늘 양식은 달랑거렸다. 먹을 입은 많은데 땅은 적었고 소출 역시 많지 않았다. 양식 장만하는 게 가장 큰 일이었다. 집에 나이로 22살, 호적 나이로 20살이었지만 종채는 그리 탄탄한 몸이 아니었다. 그러나 군대에 와서 키도 컸고 근육도 붙었다.

종채가 배속 받은 곳은 미군부대였다. 전쟁 중이었지만 그곳은 별천지였다. 먹을 것도 지천으로 깔렸고 고기도 질리도록 먹었다. 생전 처음 보는 군수물품들이 막 지급되었다. 더구나 식당차가 따라다니면서 식사를 공급했다. 배불러서 못 먹지 없어서 굶어본 적이 없다.

입대한 지 두 해가 지났다. 그 무렵 종채는 후방인 부산 해운대의 탄약보급소를 지키고 있었다. 추석을 얼마 앞둔 어느 날 고향집의 숙모님이 면회를 왔다. 뭔가 불길한 예감이 들었다. 동네를 벗어나 본 적이 별로 없는 촌 아낙네가 부산까지 찾아왔으니 예사로운 일은 아닐 것 같았다.

종채도 숙모도 섣불리 입을 떼지 못했다. 저녁을 먹고도 다른 이야기만 하던 숙모가 몇 번이나 입술을 달싹이다가 입을 열었다.

"종채야, 놀래지 말거레이. 형님이 세상 버리셨다. 너거 어메가 돌아가셨다."

순간 종채는 제 귀를 의심했다.

"작은 어무이, 무신 소립니꺼?"

"행님이 세상 베리싯다고. 아이고 아이고, 종채야 우야꼬."

숙모님이 참았던 울음을 쏟아냈다. 순간 종채는 눈앞이 캄

캄해지며 하늘이 빙 돌았다. 눈물도 나오지 않았다. 윙 하고 귀에서 소리가 울렸다. 방 밖에서는 음력 8월 중순의 가을비가 추적추적 하염없이 내리고 있었다. 숙모와 조카도 눈물의 강을 보태고 있었다.

전쟁이 끝나고 종채는 고향으로 돌아왔다. 그러나 엄마는 없었다. 전쟁터로 떠날 때 "우야든동어떻게 해서든 약빠르게 처신해서 살아서 돌아오라"고 했던 엄마는 이 세상 사람이 아니었다. 종채는 뒷산에 있는 엄마 산소에 가서 절을 올리며 다짐을 한다.

"엄마요, 제가 왔심더. 살아 돌아왔심더. 저 보고 우야든동 살아서 돌아오라고 하시더니 왜 엄마는 저세상으로 가버리셨습니꺼? 저는 어쩌라고 갔심니꺼."

굵은 눈물이 뺨을 타고 흘러내린다. 귓속이 먹먹하다. 그러나 다시 일어서야 한다. 이제 아버지와 동생들을 위해 뛰어야 한다. 코에서 단내가 나도록 뛰고 또 뛴다면 살길이 열리겠지. 산 밑 마을을 내려다보며 종채는 불끈 쥔 두 주먹에 힘을 주었다.

눈앞이 뿌옇게 흐린지 아버지는 안경을 벗어 닦았습니다.

눈앞이 뿌옇게 흐린지 아버지는
안경을 벗어 닦았습니다.
그래도 여전히 뿌연지 눈을 껌벅입니다.
반백 년 이상 세월이 흘렀지만
여전히 그대로인 휴전선 근처의 산과 들을 보니
옛 기억들이 찾아왔습니다.

그래도 여전히 뿌연지 눈을 껌벅입니다. 반백 년 이상 세월이 흘렀지만 여전히 그대로인 휴전선 근처의 산과 들을 보니 옛 기억들이 찾아왔습니다.

햇볕이 내리쬐는 땡볕 길을 걸어 경산까지 갔던 그해 8월이 떠올랐을 겁니다. 뽀얗게 피어오르던 먼지며 겁에 질려 있던 청년들도 떠올랐을 겁니다. 뚜껑 없는 화물열차에 몸을 싣고 한없이 달렸던 철길도 기억이 났을 겁니다. 불확실한 미래에 떨었던 날들이었습니다.

아버지는 말없이 북쪽을 바라봅니다. 까닭을 모르는 손주들이 할아버지를 찾습니다. 그제야 아버지는 현실로 돌아옵니다. 차는 다시 달려 임진각으로 향했습니다.

기차 타고
금강산여행

"금강산 못 가본 게 한이다. 그렇게 막힐 줄 알았으면 어떻게 해서든 갔을 텐데……."

무릎 연골이 닳아서 수술을 받은 작은아버지는 뻗정다리로 앉아 아쉬운 듯 금강산 사진을 바라봤습니다. 산을 좋아해 전국의 명산을 다 올랐던 작은아버지입니다. 백두산에도 갔다 왔는데 금강산만은 못 갔다면서, 생전에 가볼 수 있을까 아쉬워했습니다.

백두산과 금강산에 대해서는 우리 민족 모두 남다른 마음을 가지고 있습니다. 천하의 명산을 다 올랐더라도 백두산을 오르지 않았다면 마무리를 짓지 못하고 일을 그만두는 것이나 매한가지일 듯합니다. 금강산 역시 마찬가지입니다. 천하

제일 절경이라는데, 우리는 그것을 누리지 못하고 있습니다. 제 작은아버지 역시 마찬가지입니다.

　2008년 7월, 금강산 여행을 갔던 남한 여행자 박왕자 씨가 피살되었습니다. 그리고 금강산으로 가는 길이 막혀버렸습니다. 그 후 10여 년의 세월이 흘렀지만 그 길은 여전히 뚫릴 기미가 보이지 않습니다. 금강산 구경을 못 한 사람들은 안타까운 마음으로 그 길이 다시 열릴 날만 기다립니다.

　금강산이 얼마나 아름다웠으면 과거부터 지금까지 수많은 시인 묵객들이 찬탄에 찬탄을 했겠습니까. 고려 말의 학자이자 문신이었던 권근은 금강산을 이렇게 노래했습니다.

　하얗게 우뚝 선 천만 봉우리
　바다 구름 걷히자 옥 연꽃 드러나네
　늠실대는 신령스러운 빛 창해를 닮은 듯
　굼틀대는 맑은 기운 조화를 모은 듯
　우뚝한 산부리는 조도를 굽어보고
　맑고 그윽한 골짜기엔 신선의 자취 감추었네
　동쪽을 유람하다 곧 정상에 올라

우주를 굽어보며 가슴 한번 씻어 보자

시를 읽노라니 마치 금강산을 보는 듯합니다. 하얗게 우뚝 선 천만 봉우리가 구름이 걷히자 연꽃이 피어나듯 드러납니다. 늠실대고 굼틀대는 기운이 운해처럼 퍼져 나갑니다. 맑고 그윽한 기운이 천지에 가득 찹니다. 과연 우주를 굽어보며 가슴 한번 씻어볼 만한 풍경이고 광경입니다.

1998년 11월에 시작된 금강산 관광은 지루하고도 험난하게 이어져 온 남북관계에서 통일을 향한 노력 가운데 두드러지는 상징이었습니다. 그러나 육로로는 갈 수 없어 바닷길로 갔습니다. 쉬운 길을 두고 멀리 돌아간 셈입니다.

서울에서 금강산까지는 육로로 약 300킬로미터 거리입니다. 전국이 일일생활권이 된 지 오래인데, 이 정도 거리라면 하루 안에 오갈 수 있습니다. 기찻길이 있다면 기차를 타고 금강산 구경을 하러 갈 수도 있습니다. 그러나 우리는 금강산 기차여행을 꿈꾸지 못합니다. 경험치가 쌓여야 꿈이라도 꿀 텐데 기찻길이 끊긴 지 오래되어 이제는 상상조차 하지 않습니다.

"금강산 못 가본 게 한이다.
그렇게 막힐 줄 알았으면
어떻게 해서든 갔을 텐데……."

——

금강산까지 가는 기차선로가 있었습니다. 금강산 관광을 목적으로 부설된 '금강산선金剛山線'이 바로 그것입니다. 서울에서 원산까지 가는 '경원선'의 지선인 금강산선은 철원에서 갈라져 김화를 거쳐 내금강에 이릅니다. 1924년에 시작되어 1931년 7월에 철원~내금강 사이의 전체 구간이 개통된 금강산선의 길이는 116.6킬로미터이었습니다.

금강산 철도 이용 승객은 1926년에 881명에 불과했습니다. 그러나 전 구간이 다 개통된 1931년 이후로는 이용객이 늘어 1936년 연간 이용객이 약 15만 4천 명에 달했습니다. 운임은 당시 쌀 한 가마 값인 7원 56전이었습니다. 당시의 시세로 봐서 큰 금액인데도 금강산 유람을 하기 위해 나서는 사람들이 많았습니다.

기차의 속도는 지금으로 보면 그다지 빠르지 않았습니다. 평균 시속이 약 35~40킬로미터였으니 요새 사람들 눈으로 보면 느림보 기차인 셈입니다. 그러나 당시에는 최고 속도였을 겁니다. 서울에서 출발하는 직통 침대 기차도 있었다고 하니 갖출 건 다 갖춘 기차였습니다.

하루에 일곱 번 운행되던 금강산선 철도는 오래 가지 못했습니다. 태평양 전쟁이 장기화되면서 철강재가 부족하게 되자 일본은 창도군에서 내금강까지의 궤도 49킬로미터를 뜯어 갔습니다. 이 일로 사실상 운행이 중단되었고, 한국전쟁이 터진 후 폭격을 맞아 철로의 상당 부분이 파손되고 말았습니다. 이후 군사 분계선이 생기면서 금강선 철도는 완전 폐선되었습니다.

금강산 철도를 다시 만들면 어떨까요? 끊어지고 흩어진 길을 찾아서 기차가 다니도록 하는 겁니다. 80~90년 전 그 옛날에도 기차 타고 금강산에 갔다는데 지금 시대야 말해 무엇 하겠습니까. 서울을 출발해서 한두 시간 만에 금강산에 도착할 수 있을 겁니다.

범국민 차원에서 금강산 관광 재개 운동이 벌어지고 있습니다. 2019년 10월, 금강산관광 재개를 바라는 천만 명 서명 운동이 시작되었습니다. 2020년 1월에는 신금강산선 철도의 건설에 대한 논의가 있었습니다. 강원도 양구에서 내금강까지 연결하는 가칭 '신금강산선' 철도 건설이 그것입니다.

신금강산선의 노선 거리는 59킬로미터입니다. 과거 철원과 내금강을 잇던 금강산선 노선은 116.6킬로미터였는데 신금강산선은 그것의 절반밖에 되지 않습니다. 수도권에서 금강산까지 가는 최단 거리입니다. 서울 청량리역을 출발해 춘천과 양구를 거쳐 내금강까지 가는데 1시간 40분밖에 걸리지 않습니다.

신금강산선 건설은 아직 논의 단계이지만 마음은 벌써 앞으로 달려갑니다. 금강산 기차여행을 꿈꿔 봅니다. 학생들은 수학여행을 금강산으로 가고 주말이면 나들이 가는 행렬로 기차 안이 꽉꽉 찹니다. 당일치기 여행을 하는 사람도 있을 겁니다.

다리가 아파 무릎 수술까지 받은 내 작은아버지는 이 소식을 들으면 뭐라고 하실까요. 이제 등산은 다 했다면서 아쉬워했지만 금강산만은 무슨 수를 써서라도 오르실 것 같습니다. 금강산을 오르면 이제 만족하실까요. 아니면 북한의 또 다른 산을 오를 꿈을 꾸실까요?

다시 한번 금강산을 그려봅니다. 깎아지른 듯한 암벽과 드높이 치솟은 기암괴석이 눈앞에 떠오릅니다. 신령스러운 기운이 넘실대는 것 같습니다. 이렇게 아름다운 금강산이건만 우리는 가볼 수 없습니다. 온 세계 사람이 다 가볼 수 있지만

오직 남쪽 사람들만은 갈 수 없습니다. 지구상 가장 위험한
국경인 휴전선이 가로막고 있어서 우리는 못 갑니다.

　이제는 분단의 사슬을 끊어야 합니다. 우리 민족 앞에 펼쳐
질 가능성을 상상하는 새로운 방식을 찾아내야 합니다. 이래
서 안 되고 저래서 못 한다는 패배의식을 떨치고 앞으로 나가
야 합니다. 그 시작을 금강산으로 가는 길을 잇는 것으로 하
면 어떨까요. 금강산이 우리를 기다리고 있습니다.

후기

2010년 봄에 강화도 전등사의 불교대학에 입학해서 3개월 동안 공부했습니다. 길지 않은 기간이었지만 법당에 가만히 앉아 법문을 듣는 것이 쉬운 일은 아니었습니다. 그동안 밖으로만 나돌아 다녀서 조용히 있는 게 어려웠던 것입니다. 그래도 결석하지 않고 다녀서 졸업을 할 수 있었습니다.

그때 '무량화'라는 법명을 받았습니다. 제 법명의 뜻이 무엇인지 궁금해서 강사 스님께 여쭤보았습니다. "경계도, 한계도 짓지 말라는 뜻이지요. 두루두루 꽃을 피우라는 의미입니다."

'경계를 짓지 말고 꽃을 피우라'는 이후 제 좌우명이 되었습니다. '이래서 좋고 저래서 안 좋다'는 식으로 '좋다, 나쁘다' 숱하게 갈래짓고 경계를 나누었는데 그 이후로는 그렇게 '편'을 짓는 일을 덜 하게 되었습니다.

　도시에서 살다 20여 년 전에 강화도로 이사를 왔습니다. 북한과 가까운 강화에 살다 보니 우리나라의 분단을 눈앞에서 보고 느낄 수 있었습니다. 강화의 북쪽 마을에서는 황해도가 건너다 보입니다. 강 건너 북녘을 보면서 우리나라의 평화와 통일을 염원하게 되었습니다.

　'모든 경계에는 꽃이 핀다'고 어느 시인은 말했습니다. 꽃 향기는 경계를 가리지도 또 따지지도 않고 퍼져 나갈 겁니다. '경계 없이 피는 꽃'이 모든 경계를 허물고 사방 팔방으로 꽃잎을 날렸으면 하는 마음입니다.

　여기 담은 글 중 몇 편은 2016년에 펴낸 저의 책《꽃이 올라가는 길》에 수록되었던 것인데, 다시 고치고 다듬어서 이 책에 담았습니다.《경계 없이 피는 꽃》을 세상에 내놓을 수 있어 기쁩니다.

경
계
없
이
피
는
꽃

초판 1쇄 2020년 10월 27일

지은이 이승숙
펴낸이 최진섭
펴낸곳 도서출판 말
디자인 은희주

ⓒ 이승숙 2020

출판신고 2012년 3월 22일 제2013-000403호
주소 서울특별시 영등포구 대림로 29가길 1(3층)
전화 070-7165-7510
이메일 dream4star@hanmail.net

ISBN 979-11-87342-18-2

이 책은 아르코문학창작기금(2018)의 도움을 받아 발간했습니다.

• 값은 뒤표지에 적혀 있습니다.
• 잘못된 책은 본사나 구입하신 곳에서 바꾸어 드립니다.
• 이 책은 저작권법에 따라 보호받는 저작물이므로 무단전재와 무단복제를 금합니다.